復讐を誓った白猫は
竜王の膝の上で惰眠をむさぼる　6

登場人物紹介
コタロウ
霊王国の聖獣の体に憑依している風の精霊で、十二の最高位精霊の一人。瑠璃のことを慕っていて、忠犬のようにいつも彼女のそばにいる。
リン
十二最高位精霊の水の精霊。瑠璃のことを気に入り、彼女に名を付けてもらってから行動をともにしている。
ジェイド
竜王国の若き賢王。愛し子である瑠璃を自国で保護している。クールな見た目に反しもふもふ好き。瑠璃のことを溺愛しており、番いの証である竜心を渡して夫婦になった。
森川《もりかわ》瑠璃《るり》
幼馴染に巻き込まれて異世界に召喚された女性。精霊に愛される魔力を持った愛し子で、とある腕輪を着けることで白猫に変身できる。ジェイドと結婚したが、彼の溺愛ぶりに押され気味。

セレスティン
獣王国の愛し子で鳥の亜人。ジェイドが瑠璃と結婚しても、諦めず彼に片思い中。プライドは高いが、礼儀はわきまえている。
ラピス
霊王国の王子で、愛し子でもある。目つきが悪く、女性に一目惚れしやすい残念な性格。
ギベオン
霊王国で出会った、馴れ馴れしい性格のチャラい青年。数年前に滅んだはずの、アイオライトという国の民族衣装を着ている。
スピネル
霊王国の筆頭貴族の娘。精霊が見えないため、愛し子の重要性や精霊の存在を信じていない。

復讐を誓った白猫は
竜王の膝の上で惰眠をむさぼる６

Contents

プロローグ

湖の上に浮かぶようにある白亜《はくあ》の城。

ここは霊王国、霊王が住まう城。

そうであるとともに大樹の体を持つ樹の最高位精霊が住まう場所でもある。

城の中心から天を覆《おお》うほどにそびえ立つ大樹は、この霊王国建国以来ずっとそこにあり、霊王国を見守っている。

獣王国ほどではないが信心深く、国民の気性《きしょう》は穏やかで、長く争い事とは無縁の国である。

国の歴史は長く、世界の中で最も古い歴史と記録が残っている。

そんな霊王国の霊王アウェインの執務室では、難しい顔で話し合いが行われていた。

海の底のような青い瞳《ひとみ》と、肩までの長さの真っ直ぐな青銀の髪。

子供なら一目でギャン泣きする凶悪な目つきの人相をしているが、国民からの支持率が高いのは幸《さいわ》いだった。

アウェインはその人相に反して心はとても繊細《せんさい》なのだ。

子供好きであるにもかかわらず子供からは怖がられるので、こっそり落ち込んでいるところを度々《たびたび》目撃されている。

その姿は、モフモフな小動物に逃げられた時のジェイドの姿と被《かぶ》るものがある。

それ以外では、身長も高くすらっとした体型をしている。顔立ちもよくよく見ると整った顔立ちをしているので、それら全てを相殺《そうさい》してしまう目つきを持ってしまったのは残念である。

アウェインは麒麟《きりん》という種族。

麒麟は高い知性と竜《りゅう》族以上の強い魔力を持つが、子ができづらく、それ故《ゆえ》に数を減らしていき、今やアウェインはこの世界でただ一人となった純粋な麒麟の血を持つ生き残りだ。

アウェインは霊王国建国より国王として国を支えてきた。

最古の国の最古の王であるが、麒麟は不老長寿故にその外見は三十代中頃と、見た目ではその年齢を見分けることはできない。

愛《いと》し子《ご》である息子のラピスはいるが、彼に麒麟の性質は受け継がれなかった。

アウェインは亡《な》くした妻を今も愛しているので、今後も後妻を迎える気はさらさらなかった。

故に、麒麟という種族はアウェインで絶えることになるだろう。

しかし、当の本人であるアウェインはそういうことはあまり気にしてはいなかった。

彼が気にしているのは、この国の現在であり未来だ。

そんなアウェインが今最も気に掛けているのは、この霊王国の聖獣のことである。

「まだ犯人は見つからないのか？」

「申し訳ございません。人手を割き調べておりますが、未《いま》だ何も……」

「そうか……」

アウェインの眉間《みけん》に皺《しわ》が深く刻まれ、それにより凶悪な顔がさらに凶悪になっているが、ここにいる者達はアウェインが信頼する側近達《そっきん》。

アウェインの凶器とも言える顔にも免疫《めんえき》を持つ者達だ。

これくらいでは動じない。

そんな彼らが今話題としているのはこの国の聖獣に関係する問題だ。

しばらく前、霊王国では神聖な存在とされている聖獣が毒殺される事件が起きた。

まだ子供の聖獣だった。

警戒心もなく好奇心旺盛《おうせい》だったのが悪かったのだろう。

与えられた食べ物を警戒することもなく口にしてしまったのだ。

それにより命を落としてしまった聖獣の子はなんの因果《いんが》か、後に風の最高位精霊に肉体として求められることになった。

聖獣の死体をそのままにしておくよりはと、誰も異を唱えなかった。

この国の守護者である樹の最高位精霊がそれを認めたというのもあるだろう。

そもそも精霊の望みを人が止めることなどできない。

だが、結果的にそれで良かったと思ったのはアウェインだけではなかった。

ほとんどの者には知られていないが、ごく一握りの者だけが知る聖獣の秘密があった。

それは、聖獣は死するとその体からとある物が採《と》れるということ。

その物質は、とても強力な秘薬を作り出す材料となり、遠い昔にはその薬を求めて聖獣が乱獲された時代があった。

それを保護したのが、霊王国を作ったアウェインと樹の最高位精霊だ。

彼らを守るため、聖獣として国の大事な生き物だと周知させた。

城に保護され、聖獣が人の目に触れる機会が少なくなるにしたがい、秘薬のことは時とともに忘れられていった。

城で守られることにより聖獣が数を減らしていくことはなくなったが、繁殖力の弱い聖獣が未だ絶滅の危機にあるのは変わりなかった。

それでも、霊王国建国から今に至るまでその種を守り続けられているのは、霊王と城を守護する樹の精霊の目が行き届いていたからだ。

樹の精霊の守りの中で罪を犯そうなどという愚者《ぐしゃ》はこれまで現れなかった。

それなのにだ。

今回、聖獣の子を死なせるという事態を許してしまったのは、アウェインに限らず城で働く者達にとってショックが大きかった。

聖獣の子に毒を盛ったのは、普段から聖獣の世話をしていた世話係の一人で、とても勤勉で仕事にも真面目《まじめ》な人物だった。

誰もがその者がそんなことをするとは思わなかった。

事実を知った後ですら、彼を知る者は信じられないと口々に言ったほどだ。

その世話係がなんの目的で聖獣の子を毒殺したのかは分かっていない。

それを聞き出す前に、世話係は牢の中で不審な死を遂げてしまったからだ。

もがき苦しむように胸元を引《ひ》っ掻《か》いていた跡があることから、彼も毒で死んだことが分かったが、牢に入れる前に彼の持ち物は徹底的に検査されていたのだ。

なので、どこからか毒が持ち込まれたと予想されたが、詳細《しょうさい》は分かっていない。

恐らく口封じだろうと思うのは、アウェインのただの勘である。

この事件の裏には黒幕がいる。

その目的は判明しないが、聖獣の死体から採れる材料を手にするためではないのかと、アウェインは危惧《きぐ》していた。

しかし、その秘密を知るのは霊王国でもごく一部の者だけなのだ。

その誰もが古くから霊王国に仕えている家の者達ばかりだった。

疑いたくはない。

けれど、王としてアウェインは務めを果たさなくてはならない。

側近の中でも特に信頼できる者に極秘に調査させていたが、黒幕も、そして聖獣を狙《ねら》った理由も、はっきりとしなかった。

まだ秘薬の材料として聖獣を狙ったとは限らず、あらゆる方向から可能性を考えるが、それ以外に聖獣を狙う理由が分からないのだ。

事件があって以降、これまで以上に聖獣の警備は厚くしてある。

次の犠牲が出ないことを祈っているが、早急な犯人の捜査が望まれた。

「しかし、陛下。そのことばかりに気を向けてはいられません」

「分かっている」

聖獣が大事であることは間違いないが、大事なことはそれだけではない。

いくら霊王国が平和で、国民の気性が穏やかだとしても、何一つ問題がないわけではないのだ。

長く続く国だからこそ、それを維持し続けるのは難しい。

霊王アウェインの仕事は一つだけではない。

聖獣だけに構っていることは許されない。

「アイオライト国の問題もあります」

「はぁ……。そうだったな。頭が痛い……」

そう言うとアウェインはこめかみを押さえた。

アイオライト国は、霊王国からほど近いところにあった国だ。

過去形なのは、数年前に隣国に滅ぼされたからだ。

王族はことごとく処刑。国は隣国に吸収され今やその名は地図上から消えた。

そこまではよくあることだ。

同盟国でない限り、霊王国はどこの味方もしない。

みずから争いに首を突っ込まないことが、樹の精霊との盟約だからだ。

それ故霊王国は傍観者に徹した。

しかし、アイオライト国を吸収した国は、元アイオライト国民に対して過度な重税を課して、虐《しいた》げていると聞く。

それにより、税を払えなくなった者達が、野盗となり霊王国へ繋《つな》がる街道に出没《しゅつぼつ》したり、海賊となって霊王国の船を襲ったりと、霊王国も他人《ひと》ごとではいられなくなってきたのだ。

「もう少しすれば四カ国同盟の会談もあるというのに、問題が山積みだ……」

いっそ投げ出して逃げたくなるアウェインだったが、真面目な性格の彼にそれができるはずもない。

「今回は獣王国のセレスティン様だけでなく、竜王国の愛し子もいらっしゃるとか。いつも以上の警戒が必要ですな」

「竜王国の愛し子は最高位精霊のうち三精霊と契約しているからな。万が一にも機嫌を損《そこ》ねないように」

「そのことなのですが、やはり最高位精霊様方もお越しになるのでしょうか？」

側近としてはそこが一番の気がかりだった。

なにせ最高位精霊とは、一生かかってもお目にかかれない至高の存在。

そんな最高位精霊と契約しているばかりか、名前を与えて従属させている瑠璃《るり》には驚きを通り越してドン引きである。

しかも、契約している精霊の他にも今の竜王国には複数の最高位精霊が集まっていると聞く。

完全に四カ国の力のバランスは崩れていた。

幸いなのは、以前に霊王国にやって来た瑠璃を見る限りでは、彼女がその力を悪用するような悪人ではないということだ。

むしろ友人のように精霊と接している姿には好感を持てた。

が、誰もが瑠璃のように、一緒にいる最高位精霊と気安く接することができるわけではない。

霊王国には樹の精霊がいるので城の者も慣れているとは言え、複数の最高位精霊への対応の仕方など習ってきていないのだ。

もし、ひんしゅくを買ってしまったら……。

そう考えるだけで側近達は胃がキリキリする。

「樹の精霊によると、理不尽《りふじん》な方々ではないようだ。いざとなれば樹の精霊が取りなしてくれるからそう気をもむな」

「そうであればよいのですが……」

「まあ、いつも通りでいい。歓迎の宴《うたげ》の準備もしっかり頼む」

「かしこまりました」

話は終わったと側近達が退出していった後に残されたアウェインは、窓の外に視線を向ける。

そこには大樹が空高くそびえ立っていた。

「次の犠牲が出る前になんとかしなくては。いざとなれば樹の精霊に協力を頼まねばならなくなる」

それはできれば避けたいとアウェインは思っていた。

精霊は基本的に契約でもしていない限り誰かに肩入れしたりしない。

樹の精霊がここを守っているのは樹の精霊自身の個人的な想《おも》いがあるからだ。

決して、アウェインに、そして霊王国に味方しているわけではない。

だから今回の聖獣の件も、アウェインは樹の精霊に何かを求めることはせず、ただ事実の報告だけに留めていた。

けれど、もしこれ以上の被害が出るのであれば、アウェインはなんとか樹の精霊に協力してもらえるように頼むしかない。

「頭の痛い話だ……」

第1話　新婚生活

瑠璃がジェイドと結婚して少しの時が過ぎた。

婚姻《こんいん》の儀……いわゆる結婚式を行った後には、新婚旅行で樹の精霊に会いに霊王国にも赴《おもむ》いた。

霊王国の愛し子であるラピスと一騒動ありつつも、樹の精霊とも話ができ、霊王国の王都をジェイドと二人で歩いて、新婚旅行を満喫《まんきつ》して瑠璃は大満足だった。

そして帰ってきてからはジェイドとの甘ーいと叫びたくなるような新婚生活。

そしてそれを邪魔するお邪魔虫もいたりする。

「ル～リ～」

今日も来たかと、白猫の姿でジェイドの膝《ひざ》の上に乗っていた瑠璃はげんなりとした。

『また来た……』

ジェイドも呆《あき》れるようにしながら瑠璃の頭を撫《な》でる。

「騒々しいぞ、アゲット」

やって来たのはアゲットを始めとしたお年寄り達。

「ルリ、調子はどうだ？　子はできそうか？」

ほぼ毎日の日課と言ってもいい質問に、いい加減瑠璃の堪忍袋《かんにんぶくろ》の緒も切れる。

『だ～か～ら～。毎日毎日言いますけど、昨日の今日でできるはずがないでしょうが！』

アゲット達がどれだけ瑠璃とジェイドの子供を心待ちにしているのかは分かるが、無神経がすぎる。

毛を逆立てて怒ると、アゲット達はしょんぼりとする。

「なんだ、まだなのか……」

「ちょっと遅すぎやしないかのう」

「陛下、もっと二人の時間を増やして専念してはどうですか？」

カッと瑠璃の顔に熱が集まる。

無神経を通り越してセクハラである。

「お前達も私の仕事が忙しいのは分かっているだろう。ルリと二人だけの時間もなかなか取れないし、そうすぐには無理だ」

平然と答えるジェイドもどうかしている。

瑠璃は羞恥《しゅうち》に震えた。

『ジェイド様！』

「ん？　なんだ？」

瑠璃に対しては途端《とたん》に甘い声に変わるジェイドに、瑠璃も反論の言葉をなくした。

『くぅ、なんでもないです……』

「そうか？」

モフモフの頭を撫でられて、瑠璃は顔を隠してアゲット達が去るのをひたすら待った。

「ならば、もう少し二人がゆっくりできる時間を増やすしかないのう」

「一時的に人手を増やすか」

「対策を練るぞ、皆の衆」

「よしきた！」

そうして、嵐のように去って行った。

瑠璃はまだまだ現役バリバリに元気なアゲット達に、深い溜息を吐《つ》くのだった。

しばらくすると、ジェイドがペンを置いた。

休憩《きゅうけい》かと顔を上げると、ジェイドはおもむろに瑠璃の腕輪を外して机の上に置く。

瞬《またた》く間に人間の姿に戻った瑠璃を横抱きにして、触れるだけのキスを落とした。

頬《ほお》を染める瑠璃をジェイドは愛《いと》おしそうに見つめる。

ジェイドとの新婚生活は真綿で包まれるように大切にされ、時々竜族故の独占欲に困ったりもするが、瑠璃はジェイドに愛され、その穏やかな幸せに胸がいっぱいになる毎日だ。

ジェイドの大きな手で頬を包まれ、幾度となく唇《くちびる》を合わせる。

最初にした軽いものではない深いそれに、瑠璃はいっぱいいっぱいだったが、ジェイドが止《や》める

様子は一切ない。

少しでも隙《すき》があればこうしてジェイドは瑠璃とキスをしようとする。

王の仕事に忙しいジェイドは、できるだけ瑠璃を側《そば》に置き、執務の合間の休憩を見計らっては飽きもせずいつまでもキスをし続ける。

突然誰か入ってきやしないかと内心冷や冷やしつつも、嫌ではない瑠璃は、恥ずかしがりつつもジェイドを受け入れるのだ。

だが、あまりにも頻繁《ひんぱん》かつ、一度始まるとなかなか離してくれないジェイドに、瑠璃の方が限界になる。

腕に力を込めて強制的にジェイドと距離を取った。

不満そうなジェイドの表情が目に入ったが、構ってなどいられない。

「もう無理です……」

息も絶え絶えに瑠璃がそう言うと仕方なさげに顔を離した。

と言っても、瑠璃自身を離す気はさらさらないようでジェイドの腕から逃れられない。

まあ、逃れる気はないのでそこはかまわないのだが、ジェイドのスキンシップの多さに瑠璃は時々大声で身もだえしそうになる。

当初は人の姿でジェイドの膝に座るだけで顔を赤らめていた瑠璃も、そんなことをいちいち気にしている余裕がないほどのジェイドのスキンシップに、ようやく普通に体を預けることができるようになってきたところだ。

だが、やはり濃密な触れ合いを何度もされると、慣れてきた瑠璃でもまだ修行が足りず、耐えられない。

まさかこれほどにジェイドがキス魔だったとは、結婚するまで知らなかった。

新婚だからそんなものだと言われたらそうなのかもしれないが、瑠璃の経験値がジェイドに追い付かない。

「あのジェイド様、もう少しキスの頻度《ひんど》を少なくしませんか？　い、いや、別に嫌だって言っているわけではありませんよ！」

これがずっと続くのは身が持たないと感じた瑠璃が恐る恐る提案してみるが、ジェイドから冷たい視線を感じて慌《あわ》てて嫌ではないという言葉を付け加えた。

「嫌ではないなら問題ないだろう」

しれっと答えるジェイドに、負けるな自分と己《おのれ》を奮い立たせ瑠璃は食い下がってみる。

「いえ、嫌ではないですけど、これが毎日じゃあ身が持ちませんよ。体力的にも精神的にも！」

主に心臓への負荷が心配だ。

竜族は番《つが》いへの愛情が強いと聞いてはいたが、瑠璃の予想以上だった。最近では瑠璃の姿が見えないと機嫌が悪くなるほどだ。

最初はしばらくすれば落ち着くだろうと人間の瑠璃は思っていたが、竜族というのを舐《な》めていた。

日が経《た》つほどに独占欲がひどくなっていっている。

元々猫の姿でジェイドの側にいることが多かったので、特に瑠璃自身が不便を感じていないから問題ないが、瑠璃は人間だということを念頭に置き、もう少しお手柔らかに頼みたい。

「だが、ルリのためでもあるんだぞ」

「どこがですか⁉」

キスをすることのなにが瑠璃のためになるのかと、瑠璃は顔を赤くする。

「なんだ聞いていなかったのか？」

「なにがです？」

意外そうな顔をしたジェイドに、なにか本当に理由があったのかと瑠璃も目を丸くする。

「アゲットあたりが婚姻の儀と共に説明していたと思ったんだが、何も聞いていないのか？」

「なんのことか分かりませんけど？」

瑠璃は首を傾《かし》げる。

「竜族の男は、竜心《りゅうしん》を与えた番いとの間にしか子を持てないということは聞いているな？」

「はい」

婚姻の儀式の大まかなことは式の前にアゲットから一通り聞いていた。

男性からもらった竜心を番いの女性が飲み込み、それをもって伴侶《はんりょ》となる契約とされるのだ。

竜族同士ならお互いに竜心を交換し飲み込むが、別に違う種族でも伴侶となるのに問題はない。

ただ、女性が竜族で相手の男性が異種族の場合は男性側が竜心を飲み込むことで子を望めるが、男性が竜族の場合は女性が竜心を飲み込まなくては相手の女性は妊娠することができない。

それは強い種である竜族をお腹の中で育てるために必要なことらしい。

「ただ単に婚姻の儀で竜心を番いに渡すだけでは終わりじゃない。本来異物である竜心を体に馴染《なじ》ませるために、番いへと魔力を送り同調させるんだ」

「同調？」

「キスをしている時になにか違和感はなかったか？」

「いつも頭の中がいっぱいいっぱいで、他のことなんて考えられません」

真面目な顔でそう言った瑠璃に、ジェイドはクスリと笑う。

「なら、少し私の魔力を意識してみてくれ」

そう言って瑠璃に顔を近付け、軽く触れるだけのキスをする。

じっと触れ合う唇に意識を集中させていると、微《かす》かにジェイドからなにか温かい魔力のようなものが瑠璃の中へと流れ込んで来るのが分かった。

心地良いその力は覚えのあるものだ。

「今何か体の中に入ってくるのを感じただろう？」

「はい」

「それが魔力だ。その様子だと魔力を流していることにも気付いていなかったようだな」

「まったく……」

そんなことに気付けるほどの余裕は瑠璃になかったのだから仕方がない。

「こうして私の魔力を流すことで、ルリの中にある竜心をルリと同調させて準備をしなくては子ができるようにはならない」

「だったら、アゲットさん達はなんであんなにも毎日聞きに来るんですか？　準備がまだなら子供なんてできないのを分かってるでしょうに」

「アゲット達は、子ができたというより、同調できたかを聞きに来ているんだ。それに、同調することができれば、竜族ほどとはいかずとも、体を強くすることができる。少々の怪我《けが》や病気はしなくなるようになる。人間は弱い。すぐに病気や怪我で亡くなってしまう脆弱《ぜいじゃく》な種族だ。だからアゲット達はルリを心配して、同調を終えたか毎日気にしているんだろう」

まさか、はた迷惑なあれが瑠璃を心配しての問いかけだったとは驚きである。

ハラスメントじじい共と思っていたことを申し訳なく思った。

「同調するにはどれぐらいかかるんですか？」

「竜族は普通、婚姻の儀の後に蜜月の休暇をとって、一カ月は番いと寝食を共にする」

「げっ、そんなに……？」

瑠璃は顔を引《ひ》き攣《つ》らせた。聞いただけで気が遠くなりそうだ。

「いや、それはあくまで竜族同士の場合だ。ルリのように人間だと竜心が馴染むのにも時間がかかる。それ以上の時間が必要だ」

「えぇー」

「それに、私も王の執務があるから時間はもっとかかるだろうな。まあ、アゲット達がなんとかしようと動き出したから、今よりルリに魔力を与える時間も取れるようになるだろう」

それはつまり、今以上にキスの嵐が吹き荒れるということを意味する。

「ううっ」

理由があると聞いた以上、瑠璃も嫌だと言えなくなった。

でも、流石《さすが》に今日は終わっただろうと安心した所へ。

「……ところで、だいぶ元気になったようだな」

途端に色気を発する妖《あや》しげな笑みを浮かべるジェイドに気付き、瑠璃は心の中で声なき声をあげ、逃走を図る。

……が、すかさずジェイドに抱き込まれ、逃亡は失敗する。

恐る恐る見上げると、にっこりと微笑むジェイドの顔があった。

「早く同調してしまえば、アゲット達もなにも言わなくなるぞ？」

ゆっくりと近付いてくるジェイドの顔を前に、瑠璃には観念して目を閉じるしか道は残されていなかった。

そして、クラウスがやって来るまで瑠璃はヘロヘロにされるのだった。

第2話 モフモフ禁止令

その日は、結婚してからは珍しく瑠璃はジェイドから離れて、キッチンに立っていた。

ジェイドが側にいないというだけで、瑠璃が一人でいるというわけではなく、周りにはコタロウやリン、他の精霊がたくさんいる。

結婚してからはジェイドと共にいることが多くなり、その分だけ精霊達と一緒にいる時間が減ったことをコタロウとリンは不服に思っているようだ。

ジェイドとのことは祝福しているが、こっちにもかまえと、集団で訴えられてしまえば、ジェイドも無下《むげ》にはできなかったようで、しぶしぶ瑠璃を手放した。

そうして、瑠璃は精霊達のためにクッキーを焼くことにしたのだ。

久しぶりの精霊達との時間。

コタロウとリンを始めとした精霊達は、瑠璃を独占できたと喜んでいる。

コタロウなどは分かりやすく尻尾《しっぽ》をブンブン振っていた。

忠犬ぶりは相変わらずのようだ。

リンもご機嫌で瑠璃の周りをクルクルと飛び回っている。

『ルリのクッキーは久しぶりだ』

クッキーの焼ける匂いに鼻をヒクヒクさせてコタロウが嬉しそうにする。

『ほんとよねー。ルリってば最近王とばっかりいるんだもの』

リンはここぞとばかりに不満を口にする。

「ごめんごめん。私もまさかあそこまでジェイド様がべったりになるとは思わなくて」

『竜族は番いへの独占欲が強いものねぇ』

「私も話には聞いてたんだけどね」

『その執着に耐えられなくて逃げる番いもいるらしいから、ルリも要注意よ』

同じ竜族同士ならそういうこともないけれどと、リンは付け足す。

竜族の番いへの執着。

それは先代竜王であるクォーツを見ていればよく分かる。

番いであるセラフィへの並々ならぬ執着心は、人間ではなかなか理解できないかもしれない。

なにせ、死んだ番いの生まれ変わりを探すために、王を辞めて世界中を彷徨《さすら》っていたぐらいだ。

「要注意と言われても何を注意したらいいやら」

『へたに嫉妬《しっと》させないことよ。まあ、あの王は竜族の中ではまだまともな方だから心配は少なそうね。それに、いざとなったら私達がついてるわ！』

力強いリンの言葉に他の精霊達も手を上げる。

『逃げるの手伝う～』

『僕も～』

『いっそやっつけちゃおう！』

『沈めちゃう？』

『皆でフルボッコ～』

「き、気持ちだけもらっとくね」

楽しそうにジェイドを叩《たた》きのめす相談を始めてしまった精霊達を慌てて止める。

瑠璃の知らぬ所でジェイドが闇討《やみう》ちにあったら大変だ。

愛し子のためなら精霊達はやりかねないのが怖い。

『ルリ～、焼けたよ～』

オーブンを見ていた火の精霊が瑠璃を呼ぶ。

「はーい」

オーブンから鉄板を取り出せば、良い匂いとともに綺麗《きれい》な焼き目の付いたクッキーが姿を見せる。

「いい感じ～」

『わーい、完成』

『いいにおーい』

『綺麗に焼けたね～』

火傷《やけど》をしないように鉄板からお皿にクッキーを移し、あら熱を取る。

そしてまだ熱さのあるクッキーを一つ手に取って口に入れれば、サクリとした食感とほどよい甘さがする。

「ん～。やっぱり焼きたては美味《おい》しい」

『私も私も！』

『我も欲しい！』

瑠璃が食べるのを見て、自分もと主張するリンとコタロウに一つずつ渡すと、美味しそうに頬張った。

コタロウの体の大きさでクッキー一つではいささか物足りないようで、キラキラとした目で皿の上のクッキーを見つめている。

「ちょっと待ってね」

コタロウ用とリン用とでクッキーを分けていく。

そして、残りを大きめのお皿に載せると、目ざとくリンの視線がその皿に向く。

『ルリ、そっちの多いのは？』

「リディアの所に持っていってお茶会するのよ。リディアにも最近会ってなかったから」

『うむ、時のも喜ぶだろう』

コタロウもリディアのことは気になっていたのだろう。

空間から外に出られないリディアに、直接会うことができる人物は限られている。

同じ精霊であるコタロウ達は精霊独自の繋がりがあるが、コタロウ達精霊が、リディアのいる空間に入ることはできない。

それ故、リディアは孤独だ。

精霊同士の繋がりはあっても、外にいる精霊のように自由に動き誰かに会うことは許されていない。

何故《なぜ》なのか、それを瑠璃が聞いても、そういうものだからという答えしか返っては来ない。

瑠璃にとって身近な精霊だが、精霊について分からないことはたくさんあった。

そして、それは人である瑠璃には決して入り込めない領域。

瑠璃にできることは、時々空間に赴き、リディアと小さなお茶会をするぐらいだ。

そんな他愛《たわい》のないことでも、空間から出られないリディアには楽しみの一時となっている。

だからこそ、最近お茶会が開けなかったことは申し訳なく思う。

クッキーを焼いた後にお茶の用意もして、リディアの所へ行く準備をしていると、クォーツの番いであるセラフィがひょっこり姿を見せた。

「あら、ルリは何をしているの？」

「ああ、セラフィさん。これから空間の中でリディアとお茶会をしようと思ってて、その準備です」

「あら、楽しそう。私も一緒に行っていいかしら？」

セラフィは幽霊だ。

死んだセラフィは呪術《じゅじゅつ》を使い、魂《たましい》を指輪の中に移し、現世に残った。

全てはクォーツのために。

けれど、当初それを知らないクォーツは遺体と共に指輪を埋葬してしまった。

その後、墓荒らしにより奪われ、仲間同士の争いの末に空間の主《あるじ》が命を落としたために、指輪は空間の中で数十年を過ごしたが、ようやくセラフィはクォーツのもとに戻ることができた。

番いを取り戻したクォーツは、新婚のジェイドも負けないほど浮かれている。生前は番いであるセラフィを決して人前に出さないほど独占欲の塊《かたまり》だったクォーツだが、今は少し軟化したのか、時々セラフィが一人で城の中を動き回っているのを目にする。

最初の頃は、幽霊が出た！　と城の人達はあわてふためいたが、それがクォーツの番いだと知ると、クォーツが王を辞めた理由を知る者達は皆泣いて喜んだとか。

今では、セラフィを見かけても驚く者はいない。

セラフィはセラフィで、今までクォーツの独占欲により城の中を動き回ることができなかったので、これ幸いと城の中を散歩して楽しんでいる。

けれど、やはり一日の多くはクォーツと過ごしているようだ。

なので、クォーツの入れない空間に行っても大丈夫なのかと心配したが……。

「クォーツ様はいいんですか？」

「今は王様の執務の手伝いをしているみたいだから大丈夫よ」

「一緒に空間に来るのはいいですけど、一言言ってきた方がいいんじゃないですか？」

セラフィは幽霊なので、空間の中にいても精神に異常をきたすことはないが、急にセラフィがいなくなったらクォーツが異常をきたしそうだ。

けれど、それを言ってもセラフィはほがらかに笑う。

「いいの、いいの。私だって好きなように動きたいわ」

生前はクォーツの意思を尊重して人前に出ないように囲われていたセラフィは、ここにきて積極的に自由を謳歌《おうか》し始めていた。

人一倍番いへの執着が強いクォーツには頭が痛いことだろう。

けれど、何十年も狭い空間の部屋の中に閉じ込められていたセラフィの行動を制限することはクォーツにもできなかったようだ。

「それじゃあ、行きますけどいいですか？」

「いつでも大丈夫よ」

「ほんとに大丈夫かなぁ……？」

後でクォーツに怒られないか心配しつつ瑠璃が空間を開くと、お茶とクッキーを持って中に入った。

相変わらずたくさんの物に囲まれた瑠璃の空間の中。そこにある物の多くは、リディアの前契約者であり、竜王国の初代竜王であるヴァイトの残した遺産である。

壁には初代竜王ヴァイトの肖像画が掛かっていた。

それをリディアが大事そうに見つめるのを瑠璃は知っている。

よほどリディアにとってヴァイトは特別な人だったのだろう。

その穴を埋められないまでも、少しでもリディアを楽しくさせられたらと瑠璃は思っている。

「リディア〜。来たよー！」

ふわりと姿を現したリディアは嬉しそうに微笑《ほほえ》んだ。

『いらっしゃい、ルリ。それとセラフィ』

「お邪魔いたします。時の精霊様」

セラフィは礼儀正しくリディアに頭を下げる。

「クッキー作ってきたよ」

リディアが準備していたテーブルにクッキーとお茶を置いて瑠璃が座ると、リディアとセラフィも席に着いた。

『ルリのクッキーは久しぶりだわ』

リディアは目を輝かせて喜ぶ。

そんな顔を見ると、ますます罪悪感が瑠璃を襲う。

「ごめんね。最近なかなか来られなくて」

『ふふふっ、いいのよ。ルリは新婚なのだものね。それに竜族は嫉妬深いと言うから、王が離してくれなかったのでしょう？』

「そんな感じ」

『ルリが嫌じゃないのなら問題ないわ。でも、竜族の執着に耐えられなくなったら言ってちょうだい。私が逃がしてあげるからね』

茶目《ちゃめ》っ気《け》たっぷりにウィンクをするリディアに、瑠璃は苦笑を浮かべる。

「リンも同じこと言ってくれた。ありがたいけど、そんなに忠告を受けるほど竜族って問題あり？」

「それはもう！」

力いっぱい肯定《こうてい》したのは、竜族の番いの先輩でもあるセラフィだ。

「最初はあんな美形に熱烈な告白されて舞い上がって、いつの間にかこっちも恋しちゃって。まあ、それは問題ないのだけど、ちょっと異性と話したら笑顔で威嚇《いかく》してくるし。人畜《じんちく》無害そうな顔をして油断してたら、あれよあれよという間に竜王国まで連れて来られて結婚して囲い込まれてたわ」

クォーツのセラフィの囲い込みはそれはもう徹底していたと聞く。

「セラフィさんは抵抗しなかったんですか？」

「したわよ！　したけれど、優しく微笑まれて諭《さと》されたら、うんって頷《うなず》いていて。なんだかんだで丸め込まれちゃったのよ」

呆れた顔をした瑠璃を見たセラフィはぶっちゃける。

「だってしょうがないじゃな～い！　クォーツの顔って私の好みどんぴしゃなんですものぉ！　あの顔でお願いって言われたら頷いてしまうでしょ？　そうでしょ⁉」

「あはは……。ま、まあ、確かに竜族の中でもクォーツ様は顔が良いですからね」

ジェイドも負けていない容姿をしているので、瑠璃も気持ちは分かる。

あの美形で落ち込んだ顔をされると、思わず肉球を差し出してしまうのだ。

「ルリも気を付けていた方が良いわよ。今のうちにしっかりテリトリーを確保しておかないと、どんどん侵食されて、囲い込まれることになるから。竜族は本当に執着が強いんだから」

そう助言しつつ「まあ、そんな愛情深いのが竜族の良いところなんだけど」と、セラフィは頬を染めた。

結局どっちなんだと言いたくなる。

「愛されていると感じるか、窮屈《きゅうくつ》と感じるかは人それぞれだから。ルリは大丈夫？」

「ええ、今のところ窮屈に感じることはないですよ」

むしろ、愛情を全面に表すジェイドを嬉《うれ》しく感じている。

「それなら良かったわ。けど、忠告よ。これだけは絶対厳守すべきことがあるわ」

「なんですか？」

急に真面目な顔をして話すセラフィに、瑠璃の顔も真剣になる。

「嫉妬させようとか思っちゃ駄目《だめ》よ。特に異性と話す時は注意が必要だわ。ちょっとでも楽しそうにおしゃべりしようものなら、寝室に連れ込まれて朝まで出てこられないわよ」

「……気を付けます」

やけに実感が込められている言葉に、たぶん過去にあったことなのだろうなと瑠璃とリディアは察する。

クッキーとお茶を楽しみながらなんやかんやと世間話で盛り上がる。

セラフィは幽霊なのでクッキーもお茶も口にしないが、その代わりにたくさんの話題を提供してくれた。

元はヤダカインの魔女だったというセラフィは、瑠璃の知らぬヤダカインの歴史や、魔女や呪術のことを教えてくれる。

「ヤダカインの魔女はね、元は竜王国にいたらしいの。魔女は精霊に力を借りない独自の魔法を使うのだけど、それを人々は呪術と言って恐れたの。実際は人を呪《のろ》うことなんて高度すぎてできる者はほとんどいないのに。けれど、できるというだけで迫害を受けて竜王国に流れ着いた結果、そこでも折り合いが悪くなって、海を渡り今のヤダカインで国を興《おこ》したの。初代女王はかなり若かったけれど、魔女としてはすごい力を持っていたらしいわ。でも病気で若くして亡くなったみたい」

と、初代女王の話をしていたセラフィの言葉をリディアが止める。

『あら、それは違うわよ』

「え？」

『ヤダカインの初代女王は病死ではなく殺されたのよ』

「そうなの？」

『ええ。ヴァイトは初代女王と仲が良かったからよく知っているわ。その時のヴァイトは怒髪《どはつ》天をつく勢いでヤダカインに怒鳴《どな》り込みに行ったから』

「誰が殺したか分かってたの？」

瑠璃は頬杖《ほおづえ》をついて問う。

『次の女王に立った者よ』

「それってかなりヤバイんじゃあ？」

竜王がヤダカインに怒鳴り込むとか戦争をおっぱじめる発端《ほったん》になりかねない。

『結局はヴァイトも追い返されたみたいよ。私の所にもグチグチ文句を言いに来てたわ』

「何故二代目が初代を殺すようなことを？」

自分が知っているものとは違う、初めて聞く自国の歴史にセラフィは興味津々《しんしん》に質問する。

『精霊殺しが発端なのよ。精霊殺しの魔法を一人の魔女が作り出した。けど、初代はそれの危険性を理解して使わせなかった。それが気に食わなかったその魔女が初代を殺し、自分が女王になった。簡単に言うとそんなところよ』

「へぇ」

ポリポリとクッキーを頬張りながら感心する瑠璃は完全に他人ごとだ。

『他人ごとだけど、彼女はルリとも縁があるのよ』

「どこに？」

『ルリがいつも使ってる猫になる腕輪。あれは初代女王がヴァイトに作って渡した物よ。ルリは散々お世話になっているでしょう？』

「確かに」

猫になる腕輪に何度助けられたか。

そして、どれだけのモフモフに飢《う》えた竜族を癒《いや》してきたか分からない。

すると、セラフィがしみじみと言った。

「ルリのその猫になる腕輪って本当にすごい物よ。それだけ完全に猫に変身できる魔法具を作れる者は過去にいたかどうか」

魔法具とは魔法の力を込められた道具のことだ。

使用者の魔力をエネルギーに発動する物から、魔石《ませき》という魔力が固まってできた石のようなものを使って発動する物とがあると教えられた。

「ルリの腕輪のように半永久的に使える物となるとさらに作るのは難しいのに」

以前に瑠璃を襲った賊が持っていたネズミになる腕輪は、回数制限のあるものだった。

それは魔力のない人間でも使える代わりに、魔石の中にある魔力を使い切ってしまえば使えなくなる。

瑠璃の持つ回数制限のない腕輪と比べれば少しは作れる者もいるらしい。

セラフィも、それくらいなら作れると言っていた。

瑠璃の腕輪は魔石ではなく使用者の魔力を使って発動するもののようで、魔力のない者が着けてもただの腕輪だが、魔力さえあればずっと使い続けられる。

その分作るのが難しいようだが、どう作るのかは説明されても瑠璃にはちんぷんかんぷんだった。

「セラフィさんでも難しいですか?」

セラフィも優秀な魔女だった。

魂を指輪の中に封じ込めるという荒業《あらわざ》をやってのけるほどに。

だが……。

「うーん。私でもちょっと無理かしら。模倣《もほう》したものならギリギリ作れそうだけど」

「……それ、売っちゃったら人気爆発しませんかね?」

世の中には、特に亜人《あじん》と人間が差別なく暮らしている竜王国には、亜人のように動物に変化したい願望を持つ人間や、他の種族になりたい亜人がけっこういたりする。

たまに城で働く竜族が、「俺も猫になりてぇ」とか、「モフモフ亜人憧《あこが》れるよなぁ」なんてことを言っているのを耳にする。

瑠璃とセラフィは顔を見合わせると、ニヤリとあくどい笑みを浮かべた。

「がっぽり儲《もう》けられるかも」

「まずは竜族に売りつけてみますか？」

が、ここで問題が。

「あーっ、駄目だわ」

「どうしてですか？」

「魔石がないのよ。簡単な魔法具なら、魔法を刻む媒体は魔石でなくても良いんだけどね。姿を変えるなんて高度な魔法を刻むとなると魔石を使わないと私の力量じゃ無理だわ」

「簡単なのは魔石じゃなくてもいいんですか？」

「ええ。まあ、ルリの腕輪を作った初代様ぐらいの力と知識を持った魔女なら魔石がなくても作れるかもしれないけれど、私では駄目だわ。ヤダカインでは多少採れたけれど、魔石なんてそうそう落ちてるものじゃないし……」

と、考えるように視線をうろうろさせていたセラフィが目を止めて「あっ」と言った。

瑠璃が視線を追うと、そこには床に山積みとなった宝石があった。

なんの宝石かは分からなかったが、部屋の中にたくさん散らばっており、透明でキラキラと輝いていて綺麗だったのでまとめて置いておいた物だ。

集めてみたら、瑠璃の身長を優に超える山ができあがった。

それらはヴァイトの遺産の中にあった物である。

「あれ魔石だわ」

「えっ、マジですか⁉」

「ええ、落ちてたわね……。なんて都合が良いのかしら」

セラフィによると、魔石は自然界の魔力が多く集まる場所で何年もかけて石の形になる。

その場所を見つけるのはかなり難しいのだという。

何故ヴァイトがこんなにも魔石を持っていたのかという理由はリディアが知っていた。

『昔のヤダカインは魔石が豊富に採れる場所で、それこそ、そこら中に魔石がゴロゴロ落ちていたほどよ。それをヴァイトが拾って集めていたわけ。けれど、精霊殺しによってヤダカインの地の魔力は吸収され魔石は数を減らしていったの。まあ、ヤダカインから精霊殺しは排除されたから、次第に魔石がたくさん採れるようになるでしょうね』

「精霊殺しってほんとろくなことしないわね」

「そう言われると、なんだか罪悪感だわ」

セラフィはヤダカイン出身。

クォーツに連れられヤダカインを出るまでは、精霊殺しの恩恵を受けていた者の一人だ。

色々と思うことはあるのだろう。

「けど、これで作りたい放題ね！」

「リディア、これ使っても良いの？」

『かまわないわよ。ここにある物はルリの物ですもの。好きに使ってちょうだい。そもそも、魔石なんて使い方を知らない者にとったらガラクタと変わらないから』

ヴァイトも集めるまではいいものの、扱いに困ってほったらかしだったようだ。

「それなら遠慮なく」

「んふふ、これだけあれば億万長者も夢じゃないわね」

セラフィは笑いが止まらないという様子だ。

「私もお手伝いしますよー」

がっぽりがっぽり。

瑠璃の頭の中はお金のことでいっぱいだ。

そんな瑠璃を見てリディアは言った。

『ルリ、あなたそんなことをしているより、王のそばにいた方がいいのではないの？　まだ竜心の同調を終えていないでしょう？』

リディアの言葉に瑠璃の頬が一気に熱を持つ。

「な、な、なんでそんなこと分かるの⁉」

あたふたする瑠璃に、リディアはきょとんとした顔をして首を傾げる。

『そんな動揺するようなこと言ったかしら？　これでも精霊ですもの、それくらいは聞かなくても分かるわ。ルリの中にある別の魔力を感じるから』

「そ、そうなの？」

『早く同調させた方が良いわよ。人間は体が弱いから。同調すれば今よりは頑丈《がんじょう》になるから私も安心だもの』

なんてことないように言うが、そのためにはジェイドとキスをしなければならないということで……。

それを考えると、意図せずして頬が紅《あか》くなるのが分かる。

そんな瑠璃に先輩でもあるセラフィが口を出す。

「あら、ルリはまだだったの？　まあ、人間が相手だと時間がかかるらしいから仕方がないかしら。私の時も時間がかかったもの。とは言え、それで体が丈夫になったのに病気で死んじゃったんだけど」

あははっと軽快に笑うセラフィは、死人なのに陰鬱《いんうつ》としたものが一切感じられない。

なんとも元気で明るい幽霊である。

そんな番いの先輩であるセラフィに瑠璃は聞きたかった。

「あの、やっぱりセラフィさんも、同調する時は、その……」

「キスしたかって？」

ド直球を投げてくるセラフィに瑠璃は両手で顔を覆って頷いた。

「はい……」

「私も最初に聞いた時はびっくりしたわ。同調するのにキスする必要があるなんて」

「私、耐えられそうにないんですけど……」

恥ずかしさで死にそうだ。

「耐えるしかないわ。他に方法はないらしいから。私も死ぬほど恥ずかしかったけど頑張ったもの。竜族を伴侶に持った者の運命よ」

達観《たっかん》した顔をするセラフィに尊敬の念すら浮かぶ。

色々と諦《あきら》めているとも言うが……。

「同調するのにキスするとか、誰得ですか⁉」

「あはは……。クォーツは上機嫌だったけれどね……。もうこれは諦めるしかないわ」

「う～」

瑠璃とセラフィが同調のことで話し込んでいると、リディアが困惑した顔でおずおずと話し出した。

『えっと……。同調するのにキスする必要はないわよ』

「……えっ！」

「えっ⁉」

勢い良く瑠璃とセラフィはリディアに顔を向けた。

『魔力を相手に譲渡すれば同調できるの。それは相手のどこかに触れているだけで良いのよ』

「えっ、つまり？」

『手を繋ぐだけで事足りるわ』

「はあ!?」

「なんですってぇ!?」

二人は揃《そろ》って驚愕《きょうがく》する。

「だって、ジェイド様は必要だって！」

「クォーツだってそう言ってたわ！」

『た、たぶん、騙《だま》されたのね二人とも』

沸々《ふつふつ》と湧き上がる感情はもちろん怒りである。

「セラフィさん！」

「ええ、ルリ！」

二人は顔を見合わせると、空間に作り出した出口に向かって歩き出した。

「リディア、また来るわ。たった今野暮用《やぼよう》ができたから」

「時の精霊様、お邪魔いたしました」

『あらあら』

後には困ったように苦笑するリディアが残されたのだった。

空間から出た瑠璃は一目散《いちもくさん》に執務室に向かった。

もちろんセラフィも一緒である。

叩き壊しかねない勢いでドアをノックしてから執務室に入ると、びっくりしたように目を丸くするジェイドがいた。

都合よく、クォーツまでいるではないか。

「どうしたんだ、ルリ？　なにか怒っているようだが」

瑠璃はジェイドの前に立つと、怖いほどの笑顔を浮かべた。

「ジェイド様、同調するには手を繋ぐだけでいいんですってね！」

そう問うすぐ側では、セラフィがクォーツに詰め寄っている。

「時の精霊様から聞いたのよ。あなた同調にはキスが必要だって言ったわよね。騙してたの⁉」

ジェイドとクォーツは一瞬無言になった後、そろって視線を外し、舌打ちした。

「ちっ、バレたか」

「余計なことを」

それは小さな呟《つぶや》きだったが、しっかりと瑠璃とセラフィの耳に届いた。

「ジェイド様ぁぁ」

「クォーツぅう」

二人の女性の顔が怒りに彩《いろど》られると、男達はそろって焦《あせ》り始める。

「いや、待て、ルリ。これはだなぁ……。えーと……」

「落ち着くんだ、セラフィ。愛ゆえなんだよ」

なんとかこの場を乗り切ろうと考えを巡らす男達を見て、瑠璃とセラフィは踵《きびす》を返した。

「ル、ルリ?」

「セラフィ?」

伸ばした手は悲しく空を切る。

「ジェイド様はしばらく、モフモフ禁止です!!」

がーんという言葉が当てはまるほど、ジェイドは衝撃《しょうげき》を受けた顔をした。

「そんな、待ってくれ。それだけは……」

モフモフはジェイドのなによりの癒し。

それを奪われるなどこれ以上の苦行はない。

しかし、瑠璃は非情な宣告をする。

「駄目です!　嘘《うそ》つきのジェイド様の前で猫になるのは止めます」

「クォーツもよ。私はしばらくあなたの前から姿を消すから」

慌てたのはクォーツもだ。

「何を言ってるんだい、セラフィ⁉」

「あなたにはこのお仕置きが一番効果的でしょ」

「ちょっと、待ってくれ！」

クォーツがセラフィの元へ駆け寄ると、セラフィはすっと体が透《す》けていき空気に溶けるように姿を消した。

恐らく、魂を閉じ込めている指輪の中に入ってしまったのだろう。

指輪はクォーツが持っているが、そうなってしまってはクォーツでも手が出せない。

「セラフィ！　セラフィ！」

クォーツが必死に指輪に呼び掛けていたが、指輪はうんともすんとも言わない。

「ジェイド様も、クォーツ様も、しばらく反省してください！」

そう言い捨てて、瑠璃は執務室を後にした。

第3話　お許しまでの道のり

魔力の同調についての姑息《こそく》な嘘が発覚したことでモフモフ禁止令が発令されてしまったジェイド

は、悲壮感漂う表情で瑠璃に許しを請うていた。

しかし、それもなしのつぶて。

新婚ラブラブ真《ま》っ只中《ただなか》なはずの二人の間には暗雲が立ちこめていた。

「ルリ……」

いつもなら猫の姿で膝の上に乗っているはずの瑠璃は、ジェイドから遠く離れた所で、まるで見せつけるかのようにコタロウやリン達精霊と仲良くお茶を楽しんでいる。

ジェイドの悲しい声は無視である。

一方のクォーツも、暇があれば指輪に向かって声を掛けているようだが、こちらもまだ怒りが収まっていないようで反応はないもよう。

セラフィの場合、瑠璃よりも番いでいた期間が長いので、なおのこと裏切られたとおかんむりなのだろう。

同じく嘘を吐かれてご立腹の瑠璃が仲裁に入ることはない。

竜族のことを知らないのをいいことに、自分に都合の良い嘘を信じ込まされるとは。

ジェイドを心から信じていた分、怒りもまた大きい。

そんなこんなで数日が経ち、ジェイドの限界がやって来た。

モフモフ欠乏症が発症したのである。

「ルリ、もう限界だ！　癒しが足りない！」

「そうですか。……で？」

瑠璃の声は酷《ひど》く冷たく、視線すら向けない。

そんな瑠璃の前で片膝をつき、瑠璃の手を取る。

「私が悪かった。ただルリは恥ずかしがり屋だから、ああ言えば受け入れてくれると魔が差したのだ。もう二度とあのような嘘は吐かないと誓う。だから……だから、猫になってくれ！」

真剣な眼差《まなざ》しで訴えるその内容はなんとも情けない。

たった数日でそこまでモフモフに飢えるのかと、別の意味で呆れてしまう。

ジェイドは見た目こそ最上級なのだが、どこか残念イケメンなのだ。

これが竜王国の竜王だというのだから、国民がこの姿を見てしまったら国の将来をちょっと不安に思うかもしれない。

とは言え、どうやら心の底から反省しているようなので、瑠璃も矛《ほこ》を収めることにした。

一つ溜息を吐いてから、ジェイドに向き合う。

「今度あんな馬鹿《ばか》な嘘吐いたら、即離婚ですからね」

「えっ、離婚……？」

ジェイドの顔が引き攣る。

「何か問題でも？」

ジトッとした眼差しで見ると、ジェイドは慌てて首を横に振った。

「ない、まったくない！」

「後、同調終わるまでキス禁止です」

「なんだと⁉」

「あんな嘘吐くジェイド様へのお仕置きです」

「すでにモフモフを禁止されていただろう⁉」

「あれはあれ、それはそれ。キスしなくても同調できるんですからいいですよね？」

「いや、だが、それは……」

視線をさまよわせるジェイドに、瑠璃はにっこりと微笑んだ。

「誠意を見せてくれますよね？」

「……はい」

ジェイドはがっくりと肩を落としつつ了承した。

「新婚なのに……」

などと呟いて嘆いていたが、瑠璃は無視である。

すっかり落ち込んでしまったジェイドを見て、瑠璃は腕輪を取り出しそれを腕にはめる。

久しぶりに白猫の姿となった瑠璃に、ジェイドは感激のあまり身を震わせていた。

『抱っこしていいですよ』

「……くっ。久しぶりのモフモフっ」

感涙しそうなほどのジェイドに呆れつつも、瑠璃の方から近寄れば、ジェイドは恐る恐る瑠璃に手を伸ばして、そのフワフワとした体ごと抱き上げる。

「ルリに触れられないのは苦痛だった……」

『これに懲《こ》りて二度と騙そうとしないことです』

「こんな思いをするなら二度としない」

このお仕置きは今後も使えるなと、瑠璃はこっそり思うのだった。

その頃セラフィの方でも動きがあり、目に見えてやつれ始めたクォーツを不憫《ふびん》に思って、光の精霊が取りなしたことで、仕方がないと指輪から出ることにしたようだ。

代わりに懇々《こんこん》とお説教が続いたようだが、クォーツはセラフィが出てきたことに嬉しそうで、ちゃんと聞いていたのかは定かではない。

🐾 🐾 🐾 🐾

瑠璃からの許しを得たジェイドは、いつものように猫の瑠璃を膝の上に乗せて書類に目を通していた。

竜王と前竜王へ瑠璃とセラフィがしたお仕置きは、予想外のところまで波及していた。

お仕置きに精神をすり減らした国のツートップがポンコツと化し、政務に支障が出ていたらしい。

おかげでジェイドの仕事机にはたくさんの書類が山積みとなっていた。

瑠璃はクラウスから少しのお叱《しか》りを受けてしまった。

頼むから事前の報告はしてくれと。

まさか政務に支障が出るほど落ち込むと思っていなかったので、瑠璃は素直に謝った。

もちろんジェイドにではない。迷惑をかけたクラウスや他の側近にである。

中でも宰相《さいしょう》であるユークレースへの負担が一番大きかったようで、今も目の前でグチグチと言われてしまっている。

「まったく。新婚けっこう。喧嘩《けんか》もけっこう。だけど、こっちに迷惑かけるのは止めてほしいわよ。おかげで睡眠不足でお肌が荒れ気味になったじゃないの」

『すみません……』

ユークレースの迫力にただただ謝る。

『で、でも、全然ユークレースさんは綺麗ですよ』

ちょっと持ち上げて機嫌を良くしようと思っての言葉だったが、何故か睨《にら》まれてしまった。

「あったりまえでしょう。私が美容にどれだけお金と手間をかけていると思ってるのよ！　むしろあなたはもっと美容に気を使いなさい。若さでなんとかなるのは今だけよ！」

『は、はい！』

猫なのに背筋も尻尾もピンと伸ばす。

「そもそも同調もまだだって言うじゃない。それだけ一緒にいてなんで終わってないのよ」

それはジェイドが悪い。

本当なら手を繋いでいるだけで魔力を渡せるところを、キスをする時しか魔力を渡してくれなかったからである。

そのせいで時間がかかっているので、全て嘘を吐いたジェイドのせいだ。

決して瑠璃は悪くない。

今は同調が終わるまでキスを禁止しているおかげか、積極的に瑠璃の頭や手に触れて魔力を流している。

最初からそうしていれば、とっくに終わっていただろうに。

やっぱりジェイドが悪いとしか言えない。

ジェイドも分かっているのか、気まずそうに視線をそらす。

「同調した後は老いも竜族のようにゆっくりになるから、早いに越したことはないのよ」

『へぇ、そうなんですか』

百歳で成人という竜族のように老いが緩《ゆる》やかになるのは、人間の瑠璃にはまだ想像ができない。

「まあ、どっちにしろ、ルリは魔力が多いから長生きしただろうがな」

と、ジェイドが瑠璃の頭を撫でながら言う。

この世界では、魔力の多さで寿命が変わってくるようで、同じ人間でも魔力のあるなしで成人後ぐらいから老い方に違いが表れてくると言う。

そう言われてみれば、確かに瑠璃の母親のリシアや祖父のベリルは、その年齢に対して若く見えるが、それも魔力によるものだと聞かされる。

竜族が長命なのは随分《ずいぶん》前から分かっていたことなので、自分もそれに合わせられると知って瑠璃は少し安堵《あんど》した。

それだけジェイドと一緒にいられる時間があるということだから。

ただ、それは両親や祖父とは生きる時間が変わってしまうことを意味している。

だが、今はまだそれを深く考えないようにした。

ユークレースのお説教も終わり、さらにジェイドの机の上に仕事が上乗せされ、ジェイドがうんざりした顔をするが自業自得《じごうじとく》である。

瑠璃は空気となり、邪魔をしないようにしていると、突然前触れもなく扉が開け放たれた。

竜王の執務室にノックもせずに入ってくるのは誰だとユークレースとクラウスが眉《まゆ》をひそめたが、入ってきた人物を見てすぐに表情を緩めた。

入ってきたのは人の世界の常識など関係ない、光の精霊だ。

最高位の光の精霊相手に無礼者などと言えるはずもなく、ユークレースはジェイドまでの道を空けるように横に移動する。

「何か用ですか？」

「お前にではない。用があるのはそれだ」

それと指を差された瑠璃はこてんと首をかしげると、光の精霊に首根っこを掴《つか》まれた。

「セラフィが呼んでおるのでな。これは連れて行くぞ」

どうぞ、とジェイドが了承するより先に、光の精霊は目的のもの……瑠璃を手にすると執務室を後にした。

ぶらーんと首根っこを掴まれた瑠璃と、フランス人形に見紛《みまが》うほどに可愛《かわい》らしい幼女の姿をした光の精霊。

城内では密《ひそ》かにこのツーショットに身悶《みもだ》える竜族がいるとかいないとか。

『用事ってなんですか?』

「さあ、知らん。セラフィに聞けば分かる。最近忙しく何かを作っていたようだが」

『あー、あれかも』

瑠璃には思い当たる節《ふし》があった。

光の精霊に連れて来られたのは、クォーツの私室だ。

クォーツ自身は仕事で部屋の中にはいなかったが、セラフィはそこにいた。

『セラフィさん』

光の精霊に下ろされ、トコトコとセラフィに近付くと、セラフィの周囲にはいくつもの腕輪が散乱していた。

それは今瑠璃がしている腕輪によく似たもので、瑠璃の予想が当たっていたことを予感させる。

「うふふふっ。やったわよ、ルリ。完成よー」

『本当にできたんですか⁉』

「ええ。こっちがウサギ、こっちがリス、こっちが犬。他にも色々作ったわよ」

やり遂げた満足感に満ちあふれた顔で、セラフィは瑠璃に腕輪を見せる。

それらは以前にセラフィと話をしていた、瑠璃の持つ猫になる腕輪の模造品だ。

ヤダカインの初代女王が作った腕輪よりは質と能力は落ちるが、セラフィが作れる精一杯の魔法具である。

これを作るため、瑠璃とセラフィは城で働く竜族に、どんな動物になりたいかのアンケートを取った。

そうしてできあがったのが、この腕輪の数々だ。

『回数制限はどうなりました？』

「まだ三回ぐらいが限度かしら。けど、もう少し研究すれば多少は回数を増やせそうよ」

『おぉー。最高です、セラフィさん！』

「ふふふっ、もっと褒《ほ》めてちょうだい」

得意げに胸を張るセラフィ。

「でも、ちゃんと商品にするにはその前にテストが必要ね」

『じゃあ、今から実験台になってくれる人を探しに行きましょう!』

「そうね」

ということで、瑠璃とセラフィは完成した腕輪を持って第五区の訓練場に向かった。

ここにはいつも誰かしら訓練をしている竜族がいる。

ヤダカインとの戦争以後、最近は平和そのものなので、竜族が戦う場がないから竜族の兵士は暇なのだ。

瑠璃としては平和で良いことなのだが、戦闘好きの竜族達からしたら物足りないのだろう。

暇な苛立《いらだ》ちをぶつけるように訓練にも力が入っている。

そんな彼らに癒しを届けるのだ。

「皆さんちゅうもーく!!」

人間に戻った瑠璃が声を上げると、訓練をしていた竜族達がその手を止める。

多少血まみれな兵士達には随分慣れた。色々体に突き刺さっている者もいるが気にしたら負けだ。

兵士はなんだなんだと瑠璃に近寄ってくる。

「愛し子様どうしました?」

「皆さん、以前にアンケートを取ったの覚えてますか?」

「ええ。どんな動物になりたいかとおかしな質問されましたよね?」

「お前なんて答えた?」

「俺、猫」

「俺は羊」

「へへへ、俺はぁ……」

各々《おのおの》なりたい動物で盛り上がり始めたところで、腕輪を出す。

「ちなみに、ウサギになりたいって言った人〜！」

そう叫ぶと数人が手を上げた。

「じゃあ、その中で本当にウサギになりたい人ぉ」

手を上げた者達は困惑したような顔をして互いに目を見合わせた後、勘の良い者は目の前の腕輪に目を向けて誰より速く前に身を乗り出してきた。

「はいはい、はーい！　俺です！」

「返事がよろしい。では、その腕輪をしてみてください」

そう言えば、あらかたの者が事情を察した。

「えっ、嘘マジ？」

「本当か？」

「なれるの？」

腕輪を手にした者に視線が集まる。

息をのんで見守られる中、腕輪を着けた兵士が次の瞬間にウサギの姿に変化すると、その場に大きな歓声が上がった。

「うぉぉぉ！」

「ウサギだ、ウサギ！」

「おい、ちょっと触らせろ」

「ふぉぉ、モフモフだ！」

「俺のとこにもー！」

ウサギとなった兵士がもみくちゃにされて、わたわたとしているが、誰もが興奮してウサギが助けを求めていることに気付いていない。

このままでは圧死しかねないと、危険を感じた瑠璃は再び声を上げた。

「はい、ストーップ!! 落ち着いて！ すぐにそのウサギから離れなかった人は二度と猫になった時に触らせてあげませんよ」

そう言うと波が引くようにウサギから離れていった。

まあ、そもそも、結婚し名実ともに番いとなった瑠璃を他の男に触れさせることをジェイドが許すとは思えないが、これはもう条件反射である。

そうして救助したウサギから腕輪を抜き取ると、ウサギは元の兵士に戻った。

「し、死ぬかと思った……」

あれだけ体格の良い男達に囲まれたらそう思うのも仕方がない。

兵士達も、ひ弱そうな猫の瑠璃と違い、元が丈夫な竜族と分かっているので手加減がなかったのだろう。

危うく八つ裂きにされるところだった。

少し竜族のモフモフ愛を舐めていたかもしれないと瑠璃は反省する。

「ちなみにこれは私の持ってるものと違って回数制限があります。正直な感想……売ってたら欲しいですか？」

そう聞いた瞬間、ドドッと兵士達が身を乗り出す。

「はいはい！」

「欲しいです！」

「いくらでも出します！」

瑠璃はセラフィと顔を見合わせニヤリと笑う。

しかし、ちゃんと発動するかのテストなので、モニターとなってくれる人を数名くじ引きで決める。

外れた者はその場で泣き崩れたが、いずれ売り出すと聞いて機嫌を回復させた。

当たった人は大事そうに持ち、嫁に使うと言う者がいたり、自分で使うと言う者がいたりと予想以上に嬉しそうで、これは売れると確信した瞬間だった。

しかしだ。

この話がユークレースのところまで届くと、瑠璃とセラフィは正座で説教をされることになった。

「ルリ！　あなた、以前にあれで動物に変化した賊に城内へ侵入されて襲われたのを忘れたの⁉　あんなものを普及させて、犯罪に使われたらどうするのよ！」

「ごもっともです……」

そこまで深く考えていなかった瑠璃は身を小さくした。

自分が普段何も考えず猫の姿になっていたので、他の人も変化できたら楽しいだろうなと思っただけなのだ。

犯罪に使われる可能性などすっぽり忘れていた。

あれを売ったことで得るお金に目が眩《くら》んだとも言う。

ユークレースにしこたま怒られて、腕輪は全て取り上げられ、これ以上の制作の禁止を言い渡されることになる。

後には落ち込む瑠璃とセラフィがいたのだった。

第4話　置き手紙

「がっぽり儲かると思ったんだけどなぁ」

未だにちょっと諦めがつかない瑠璃は、禁止された腕輪を思って溜息を吐いた。

それを聞いてクラウスは苦笑する。

「さすがにあれは危険すぎますよ。禁止したユークレースは間違っていません。世に出る前に食い止められて良かったです」

「いや、分かってるんですけどね。惜しいなぁと」

「仕方がない。自分で楽しむだけに留めておけ」

ジェイドにもそう言われ、瑠璃は「はーい」と返事しておく。

「それで、話があるみたいですけど、なんですか?」

現在執務室にいる瑠璃は、珍しくジェイドから改まって話があると言われて、いつもの定位置ではなく、執務室内にあるソファーでジェイドの向かいに座っている。

ジェイドは、何故隣に座らないのかと不服そうだが、話をするなら対面にいた方が話しやすいので諦めてもらう。

「今度、霊王国で四カ国のトップが集まって会談が行われる」

「会談ですか?」

「たいそうなものではない。ただ定期的に四カ国で親交を深めるための集まりだ。場所が霊王国なのは霊王国が四カ国の中で一番古い歴史があり、樹の最高位精霊がいることから毎回そうなっている」

「へぇ」

「それでだ、これにルリも一緒にきてくれ」

「えっ、私行っても何もできませんよ？　難しい政治の話なんてまったく分からないですし」

竜王の妃《きさき》となったとは言っても、瑠璃は愛し子である故に政治とはまったく関わりのない生活をしている。

最初はジェイドの妻として何かすべきなのかと勉強しようとしたこともあったが、むしろ関わってくれるなというように遠ざけられた。

愛し子がむやみに政治に関わると混乱をきたすからだという。

元の世界でも政治に興味がほぼほぼなかった瑠璃としてはありがたい話だが、それで良いのかと思う時もある。

そんな時は必ずセラフィが出てきて、「私なんてずっと引きこもってたわよ」と言うのだ。

セラフィを他の男の目に触れさせたくないクォーツの独占欲からのことだが、瑠璃と同じ立場だった先輩が言うのだから説得力がある。

なので、必要以上に国のことには口を出さないように心がけている。

その方がやりやすいというのだから、むやみに知識を付けることもないだろうと、瑠璃がする勉強は必要最低限の常識程度だ。

今思い返せば、スラムのことをなんとかしたいと、給食制度を導入しようと口を出したのはギリギリアウトだったのではないかと思う。

まあ、アイデアを出しただけで、動いたのはユークレースだったのでアウト寄りのセーフになるかもしれない。

「政治の話をする必要はない。それは私達王の仕事だからな。だが、だいたいいつも会談には他の愛し子も参加するから、今度からはルリも参加した方がいいだろうと考えてのことだ」

他の愛し子とは言うが、四カ国の取り決めの中で、他国の愛し子同士が顔を合わせることは推《すい》奨《しょう》されていない。

万が一、愛し子同士が諍《いさか》いを起こせばいらぬ被害を生むからだ。

以前に起きたセルランダ国の愛し子との争いは完全に想定外だった。

あの時は瑠璃の格の方が高かった上、コタロウという最高位精霊がいたことで大事にはならなかったが、向こうの愛し子の方の格が高かったりしたら、精霊達が一気に敵に回ることになっただろう。

そんなことを起こさないための取り決めだ。

愛し子は恩恵を与えるが、混乱を与えることもある。

そんな愛し子が集まればなおのこと問題も大きくなるのだ。

だが、四カ国の愛し子の場合は、霊王国に樹の最高位精霊がいて、愛し子同士で諍いが起こっても樹の精霊が間に入り仲裁してくれるため、会うことを問題にしていない。

なら他の愛し子の場合もそうすればいいだろうと思うのだが、同盟国でもない自国と関わりのない国のために樹の精霊が動くことはないのだそうな。

樹の精霊が護《まも》るのは霊王国のためになる時だけなのだ。

何故かは分からない。

だが、コタロウやリンが瑠璃か精霊以外のために動くことがないように、きっと樹の精霊も同じように決めた理由がなくては動かないのだろう。

そこは瑠璃が関知するところではない。

「他の愛し子ってことは、セレスティンさんとラピスですね」

「ああ、帝国には愛し子がいないからな」

セレスティンもラピスもすでに顔見知りだ。

セレスティンは未だにジェイドへの想いを捨てきれないようだし、ラピスは病的なほど惚《ほ》れっぽいと、問題はあるが悪い人達でないことは知っているので、瑠璃も気が楽だ。

「私達が話をしている間は愛し子同士で話をしているといい。ただし、ラピスには気を付けろ。指一本触れさせたら駄目だからな」

「そんな警戒しなくても、もうすでに新しい人を見つけてると思いますけどね」

以前にラピスが瑠璃に対して惚れたと言ったことを未だに気にしているようだ。

しかし、惚れっぽいラピスは次の日には別の相手に一目惚れしていてもおかしくない。

瑠璃のことなどもう眼中にないだろう。

「いや、念には念を入れておかなければ。あれは危険だ」

眉間に皺を寄せるジェイドに、クラウスはやれやれというように肩をすくめた。

竜族の男ならこれぐらいは通常運転なのだろう。

「じゃあ、私はのんびりセレスティンさんとおしゃべりしています」

「ああ、そうしてくれ」

話がまとまったと思ったところで、クラウスが真剣な顔へと表情を変える。

「陛下、あのこともルリには話しておくべきでは？」

「いや、だが……」

「ルリは当事者です。会談には皇帝の付き添いで貴族が何人か来ているはずですので、後から聞かされるよりはあらかじめ知っていた方がルリのためです。気持ちのいい話ではないですが……」

「そうだな」

瑠璃には分からない話をする二人に首を傾げる。

「なんですか？　なんの話をしてるんです？」

問い掛けると、ジェイドもまた真剣な顔へと変える。

「あまり気分の良い話ではないと思うがいいか？」

「私に関係のある話なんでしょう？　聞きますよ」

ジェイドは少し躊躇《ためら》いを見せた後に話し出した。

「実は、帝国の貴族の中に竜王国に不満を訴える者が複数いるのだ」

「不満？」

瑠璃にはトンと思いつかない。

「現在竜王国にはルリ、そして、ルリの母と祖父の三人の愛し子がいる状態だ。対して、帝国には愛し子が一人もいない。それで竜王国に三人も愛し子がいるのは、四カ国の力のバランスを崩すのではないかと危惧する声があるのだ」

「別に私もお母さんもおじいちゃんも何かしたりしませんよ？」

「愛し子はそこにいるだけで周囲に大きな影響を与える。愛し子のいる場所は精霊が多く土地が豊かになる。三人も集まればなおのことだな」

「なるほど」

確かに瑠璃も、最近城内で見かける精霊の数が増えたようには感じていた。

特に気にしたりはしなかったが、愛し子が二人増えた影響なのかもしれない。

「このままでは竜王国の発言力が増すのではないかと……。まあ、権力欲の強い帝国の貴族が羨《うらや》ましがって吠《ほ》えているだけなのだが、思ったより帝国ではその声が多いようだ。他の三国には愛し子がいるのに帝国には一人もいないから余計に焦っているのだろうな。帝国の皇帝アデュラリアによると、貴族の中には金銭を払って竜王国の愛し子を一人譲ってもらうように交渉すべきだという馬鹿もいるらしい」

「譲ってもらえって……。物じゃないんだから」

「その通りだが、本気でそれを考える馬鹿が思いの外多いらしくて、アデュラリアも頭を痛めている」

皇帝アデュラリアは、瑠璃も結婚式で初めて会った。

アジアンビューティーな大人の色気を発する艶《あで》やかな美人だった。

若く見えるが、瑠璃ぐらいの年齢の子を四人も持つ母だと言うから驚きだ。

美魔女さで言えば魔力の多いリシアに負けていない。

リシアも元の世界ではよく瑠璃と姉妹に間違われるほど若く見られていたが。

「どうしたらいいんですかね？」

「一番良いのは帝国の貴族が言うように、一人帝国に行ってもらうことだが、我々は愛し子にそれを強要できないし、やっと会えたルリ達家族を離ればなれにするのは気が進まない」

こくりと頷き、クラウスも口を開く。

「しかし、きっと帝国の貴族は黙っていないでしょう。この会談で瑠璃に接触をしてくるかもしれません」

「私はどう対応したらいいですか？」

自分に政治に絡《から》んだ難しい話をされても無理だぞという気持ちで、瑠璃はジェイドの横に立つクラウスを見上げた。

「何もする必要はありません。にっこり笑って無視しておけばいいのですよ。愛し子がどこに行くかは愛し子の自由。無理強《じ》いをすることはできないのですから。さらに言えば、すでに竜妃であるルリが帝国に行くことはありえません」

「でも、お母さんやおじいちゃんに直接交渉されたら？」

「お二人は今回の会談にはお連れしないので交渉しようがありません」

「お母さんなら行きたいって駄々《だだ》こねそうだけど……」

ここ最近リシアは珍しく静かに城内で過ごしているが、元々行動的な性格。旅行と聞けばいの一番に手を上げそうだ。

「そこは我慢していただくほかありませんね。我々としても帝国貴族の主張は少々腹に据《す》えかねているので」

ジェイドもその言葉には頷く。

「アデュラリアには悪いが、貴族の要求をのむ気はない。ルリもこのことは両親やベリル殿には黙っていてくれ。いらぬ問題を抱えて不安にさせたくない。この問題はこちらの方で対処するから」

「分かりました」

瑠璃が頷いたことでその話は終わったが、部屋の外で話を聞いている者がいたのに竜族であるジェイドとクラウスですら気付かなかった。


部屋の外で話を聞いていたのは瑠璃の祖父であるベリルだ。

「うーん、なんか俺達が来たことで瑠璃の旦那《だんな》に迷惑かけているみたいだな」

腕を組んで困ったように唸《うな》るベリルに、これまで一緒に旅をしてきた先代獣王であり、クラウスの父親でもあるアンダルがポンポンと肩を叩く。

「帝国の貴族は自分の利益しか考えてねぇ欲深いやつが多いからなぁ。まっ、想定内ってところだ。あんま気に病《や》むな」

「しかしだな。俺の存在が瑠璃にも迷惑をかけるとなると知らぬふりも何だかモヤモヤする」

ベリルは執務室の部屋から離れた後も、うーんとしばらく悩んでいる。

その足下では地の最高位精霊のカイがトコトコと付いて歩いている。

最初は瑠璃と契約していたカイだったが、ベリルの性格を知るや、あっさりと瑠璃との契約を解除してベリルと契約した。

ノリと勢いで生きているカイだが、どうやらベリルとはかなり気が合うようだ。

同じくベリルと気が合って旅まで一緒にしていたアンダルともノリが合うらしい。

『人間ってのは面倒臭い生き物だな』

精霊であるカイから見たら、とても窮屈に見えてしまうのかもしれない。

「それが人間ってもんだ」

『ふーん』

カイの場合は単純明快。楽しいか、楽しくないかだ。

そんなカイにピコーンと名案が浮かんだ。

『なあなあ』

「なんだ？」

『要は竜王国に三人も愛し子がいるのが問題なんだろう？』

「まあ、そういうことだな」

『だったらいなくなっちゃえばいいんじゃね？』

それを言われたベリルはまるで雷《かみなり》に打たれたように衝撃を受けた。

「なるほど！　その通りだな」

『だろう？　俺って頭良い～』

得意げに胸を張るカイを、ベリルはしゃがんで頭を撫でた。

「元々新天地を求めてやって来たんだ。瑠璃の結婚式も見たし、別にここに居座る必要もないよな」

『そうそう』

「おいおい……」

機嫌良く頷き合うベリルとカイを前にアンダルは苦笑いを浮かべる。

「思い立ったが吉日。そうと決まれば今日決行だ」

『俺も行く～！』

さすがノリで生きるカイと、そんなカイに認められた契約者。

「アンダルはどうする？」

一人と一匹から期待に満ちた目で見られれば、アンダルとて否《いな》やは言えない。

「まあ、俺もそろそろ出て行く気だったから問題ないが」

「なら決まりだ！」

ベリルは歯を見せたいい笑みでぐっと親指を立てた。

🐾 🐾 🐾 🐾

翌朝、ベリルの部屋へ向かった侍女は、空っぽになった室内を見て慌てて報告にあがった。

部屋には一枚の手紙が置かれていた。

『なんか愛し子が多いと迷惑かけるそうだから、カイとアンダルを連れて冒険の旅に出る。たまには帰るから心配するな。俺は世界をこの目で見て回りたい！　冒険……なんていい響きだ』

たったそれだけ書かれていた手紙を見た瑠璃は頭を抱えた。

「おじいちゃ～ん……」

最高位精霊であるカイがいるなら大丈夫か？

いや、むしろ危険な気もする。

けれど、この世界のことに詳《くわ》しいアンダルが一緒にいると思えば少し安心だ。

「うーむ……」

ジェイドもこれには言葉を失っている。

「行動力のありすぎるおじいちゃんですみません」

「いや、アンダルがいるのだからたぶん大丈夫だろう」

「コタロウにお願いしたら場所を特定できると思いますけど？」

「ベリル殿自身がそうしたいと思って出て行ったのならば、愛し子の行動を制限することはできない。……まあ、気を使わせてしまったのもあるだろうが」

「いえ、たぶんそれを理由に旅に出たいのが九割だと思います」

祖父の破天荒《はてんこう》さは瑠璃がよく分かっている。

「とりあえず少し様子見ますか？」

「そうだな。こんなことを言ってはベリル殿に申し訳ないが、愛し子が竜王国を出たという事実は、

帝国貴族に責を問うことができる」

要は、お前達があんなこと言うから愛し子が出て行っただろうが。もし旅先で危険なことになったらどうする？　愛し子に何かあって責任取れるのか、ああん？　ということだ。

それと同時に、諸国漫遊することで他の国にも精霊の恩恵を与えながら回ることになる。

いつか気が向いたら帝国にも行くかもな、とも言える。

まあ、そこはベリルの気分次第だろうが。

「だからといって、せめて直接お別れぐらい言ってくれればいいのに」

まさか紙切れ一枚ですませてしまうとは。

だが、それがベリルらしいとは思う。

「コタロウ。おじいちゃんと一緒にいる精霊達に、おじいちゃんに何かあったらすぐに教えてくれるように頼んでくれる？」

『うむ、分かった。定期的に報告させよう』

「ありがとう」

よしよしとコタロウの頭を撫でれば、コタロウの尻尾がブンブンと元気よく振り回される。

「ほんと、おじいちゃんらしいったらないわね」

瑠璃は少しの寂しさを感じながら、この青い空の下を歩いているだろうベリルを想って空を見た。

第5話　リシアとひー様

ベリルがカイとアンダルを連れて出て行ってしまったことはすぐに城内に広まった。

一番残念がっていたのは、ベリルと手合わせをしていた竜族の兵士かもしれない。

それに引き換え、娘であるリシアは「あらぁ」と、寂しがるでもなく悲しむでもなく呑気《のんき》な様子だった。

なんとなくリシアには分かっていたのかもしれない。

ベリルが一つの所に大人しく居続けることはないだろうと。

同じく精霊であるコタロウ達も、カイがいなくなったことに対して特に何か思うことはないようだ。

そもそもこれだけ最高位精霊が集まっていること自体、過去を見てもそうないことらしい。

なにせ城内には、地のカイ以外に、風、水、火、光と、これだけ揃っている。

これにリディアを加えれば十二の最高位精霊のうち半分である六精霊がいるのだ。

帝国の貴族が四カ国の力のバランスが崩れると言いたくなるのも少し分かるような気がする。

愛し子云々《うんぬん》の前に最高位がこれだけ揃っている時点で過剰戦力だ。

まあ、瑠璃に従属しているコタロウとリン以外は自由奔放《ほんぽう》に過ごしているだけだが、いるというだけで怖いものなのだろう。

その一方、下手《へた》すると数百年、数千年単位で顔を合わせない最高位精霊達は特に気にしないようだ。

次の瞬間には別の話題になっている。

周囲があまりにもドライすぎる気がする。

まあ、手紙一つで出て行ったベリルも同じくドライだが。

しかし、ベリルが出て行ったことでリシアにも心境の変化があったようで、突然城を出ると言い出した。

ベリルが出て行って数日もしない間の出来事に、さすがに瑠璃も驚く。

「どうして？　出て行くってどこに？　おじいちゃんみたいに旅に出るつもり？」

矢継《やつ》ぎ早《ばや》に質問攻めにする瑠璃に、リシアはのほほんとしている。

「やだぁ、違うわよ。城を出て、前に瑠璃が用意してくれた王都の家に移ろうと思って」

さして離れていない場所であることにまず安堵し、質問を続ける。

「でもなんで？　城で暮らすのは嫌？」

元々、リシア達のために用意した家なので、いつか移ることを想定していたから引っ越すのは想定内なのだが、少し気になった。

「嫌じゃないわよ。とても良くしてもらってるわ。私達にはもったいないぐらい。でもね、私はやるべき使命を見つけたのよ！」

「使命？」

何を言い出すのだこの母親は、と思いつつ話を聞く。

「そうなのよ。私ね、ここの服飾関係を調査したんだけど、目新しさに欠けるのよ！　モデルとしてこれは許せない。女はワンピース、男はズボンなんて古いわ！　私はこの世界でデザインの革命を起こすのよ‼」

力説するリシアに瑠璃は呆れる。

まあ、モデルをしていただけあり、リシアは服にはうるさい。

瑠璃が召喚《しょうかん》される直前には自分でデザインした新しい服飾ブランドの立ち上げに忙しくしていたぐらいだ。

竜王国は多種族国家だけあり、他の国より服のデザインに幅があるのだが、リシアにするとまだ護りに入っているらしい。

無難な誰にでもウケるデザインの服ではなく、これから新しい服のデザインを世に出していきたいのだそうな。

そのためには城で暮らしていては実現できない。

城下の瑠璃が用意した家で暮らし、町に自分の洋服店を出したいのだと言う。

うよ？」

「うん、まあ、お母さんがそうしたいなら止めないけど、新しい文化を根付かせるのは難しいと思
「そこは愛し子の威光よ。こういう時こそ愛し子っていうブランドを生かさないと。大丈夫よ、任せなさい！」

ドンと胸を叩くリシアの様子に、これは何を言っても聞かないなと諦めた。

問題は……。

「お父さんはどうするって？」

「私が城を出るなら一緒に行くって言ってるわ。彼の方は城での仕事を斡旋《あっせん》してくれたから、通いになるかしら」

「お父さんも納得してるならいいか。じゃあ、後は……」

リシアは愛し子だ。

愛し子を、はいそうですかと野に放つわけにはいかない。

「ジェイド様に相談してみるから、それまでちょっと待って。おじいちゃんみたいに勝手に出て行かないでよ？」

「分かってるわよ。私もまだここでやることがあるし……あっ、ひーちゃーん！」

リシアが何かに目を留めて手を振る。

瑠璃が視線を追うとひー様が両手に花状態で歩いてくるところだった。

それを逃さなかったリシア。

両手の花……城内で働く侍女だろう女性を捨てて、回れ右をして逃げ出そうとしたが、素早くリシアに捕獲される。

「もう、ひーちゃんったら、呼んでるのに」

がっしりと腕を掴まれた、あの傲岸不遜《ごうがんふそん》のひー様が口元を引き攣らせている。

その珍しい反応に、瑠璃は母の偉大さを痛感する。

「は、離せ……」

「だって、ひーちゃんったらいつも私を見ると逃げるんだもの」

「お前と一緒にいたくないからだ」

「えー？　なんて言ったのぉ？」

「ひっ……」

にっこりと微笑みながら目の笑ってない笑顔をひー様に近付けると、ひー様が怯《おび》える。

そう、あのいつも瑠璃には偉そうなひー様がだ。

「は、離してください……」

消え入りそうな声で懇願するひー様のその姿は本当に貴重である。

青ざめた顔をするひー様の姿が哀れすぎて、さすがにかわいそうになってくる。

「お母さん、やることあるんでしょう？　私はジェイド様に話してくるから、やることすましておいたら？」

「あら、そうね。すぐにでも出られるように準備しておかなくちゃ」

そう言うや、「じゃあね、ひーちゃん」とひー様の頬にキスをして行ってしまった。

我が母ながら嵐のような人だと感心しつつ、キスをされたひー様はブルブル怯えていた。

リシアの母国では頬へのキスは親愛を示す挨拶《あいさつ》程度のものなので、瑠璃も毎日のようにされているから気にならないが、ひー様はミサイルにも匹敵する攻撃を受けたかのようだ。

「ひー様、大丈夫？」

「よ、よくやった小娘。あの女を退《しりぞ》けるとは褒めてやろう」

「いや、そんな人聞なことしてないんだけど……」

ひー様がどうしてここまでリシアを苦手としているかは分からない。

ただ、瑠璃の結婚式があった時、酔っ払ったひー様とリシアの間で揉《も》め事《ごと》があったらしい。

何を揉めたのかは教えられなかったが、女性を巡るものだったと小耳に挟《はさ》んだ。

女好きのひー様が綺麗な女性であるリシアと揉めたということに首を傾げるが、瑠璃への態度もかなり酷いので女性なら絶対優しくするというわけではないのだろう。

で、なにやらリシアを怒らせたひー様は、彼女に引きずられてパーティー会場の外へ連れ出されたとか。

それからだ。

王であるジェイドに対しても不遜な態度のひー様が、リシアを見ると怯え始めたのは。

いったい何があったのかとリシアに問うても、にっこりと微笑みながら「躾《しつけ》よ～」と言うだけ。

どんな躾が裏で行われたかは、誰一人聞くに聞けなかった。

「お母さん、城から出るみたいよ」

「なんだと⁉」

先程までの死にそうな顔から一転、ぱっと表情を明るくさせた。

「そうか、そうか！　やっと出て行くのか。わははははっ」

軽快に笑うひー様に、そこまで嬉しいのかと、娘の瑠璃としては少し複雑である。

「って言っても、先にジェイド様に相談してからだけどね」

「ならばとっとと行ってこい、小娘。そして早く奴《やつ》を追い出すのだ！」

「人の母親を追い出すとか言わないでほしいんだけど……」

「なんでもいい。奴の魔の手から離れられるならば」

本当に何があったのかと問いたいが、きっとひー様は話さないだろう。

今にも踊り出しそうなほど喜ぶひー様に背を押され、瑠璃はジェイドの執務室を目指した。

ノックをして、部屋に入る。

「ジェイド様、ちょっといいですか？」

ジェイドはいつものように書類を手に座っていた。

その側ではクラウスが手伝い、扉近くにはフィンが立っている。

ジェイドは瑠璃を見るや、その表情を甘くとろけさせる。

「どうした、ルリ？」

「えーっとですね。それが、今度は母が城を出ると言い出しまして……」

「なに！　今度はリシア殿か⁉」

部屋にいたジェイド、クラウス、フィンは一様に驚いた顔をする。

まあ、それも仕方がない。

数日前に祖父がいなくなったところなのだ。

ここでさらに愛し子である母まで出ると聞いて平常心ではいられないだろう。

「あっ、出ると言っても、以前に私が用意した王都の家に移るだけみたいです」

そこはクラウスの家からも近く、周辺は竜族がたくさん住んでいて、城の次に安全な地区だ。

それを聞いた三人は少し安心したような顔になる。

「そうか、それならまだ問題も少ないな」

「すみません、おじいちゃんに続いてお母さんまで」

「いや、この王都に残ってくれるならそれでいい。だが、急にどうして？　城での生活は不満だったか？」

城の主としては気になるのだろう。

「不満とかではなく使命だそうです」

「使命？」

ジェイドは意味が分からず疑問符を浮かべる。

「王都に自分の店を開きたいようで」

「ふむ、なるほど。確かに城にいては難しいか……」

ジェイドはトントンと指で机を叩きながら何か考えているようだ。そして、少しして口を開く。

「では、フィン」

「はっ」

「リシア殿の護衛として数名の兵を常駐させるようにしてくれ。人選は任せる」

「御意《ぎょい》」

フィンはジェイドの命令に頭を下げた。

「クラウス。身の回りの世話をする者を選んでくれ」

「かしこまりました」

クラウスもまたフィンと同じように頭を下げる。

「王都に店を持ちたいと言うならその準備も必要か……」

「いえっ、そこまでお世話になるわけにはいかないので自分で……」

そう断ろうとしたが、それを制止するようにジェイドが手を上げる。

「いや、リシア殿は愛し子だ。警護の面から考えても、守りやすい所をこちらで用意したい。もちろん、リシア殿の希望は考慮するが」

そう言われてしまえば、迷惑をかけないためにも瑠璃が断るわけにはいかなかった。

愛し子である以上、護衛は欠かせないのだ。

瑠璃のようにコタロウに守られていても護衛を必要とするのだから。

「準備ができたら出て行くそうなので、ジェイド様の方の準備が終わったら言って下さい」

「分かった。早急に整えよう。だが、コハク殿はどうするのだ？」

「お父さんはその家から通うかたちで城で働くそうです」

「それなら行き帰りは竜族の誰かに送り迎えしてもらうように頼んでおこう」

「それは助かります！」

父親の琥珀《こはく》が働いている場所は、城の上の区域である。

愛し子の伴侶であることも考慮され、安全な一区から五区辺りが行動範囲だ。

そんな上の方の区域から、城下におりて家まで毎日通うのは人間にはかなり大変だ。

上の区域にいるのはたいていい魔力の強い者で、魔法を使ったり、竜族のように羽のある者は自力で飛んだりして城へ通っている。

しかし、魔力もない人間の琥珀にそれは難しい。

どうするのがいいか相談しようと思っていたのだ。

ジェイドから解決策を出してくれたことはありがたかった。

そうでなければ、琥珀は仕事をするために毎日山を登らねばならなくなる。

一区辺りともなれば雲の上。

きっと勤務時間が終わった頃に辿《たど》り着くことになってしまうだろう。

「お父さんも安心して仕事ができると思います」

それからはトントン拍子《びょうし》に話はまとまっていき、護衛や使用人の手配にと、フィンとクラウスはさすが仕事が早かった。

そしてあっという間に準備が整うと、リシアは琥珀と共に意気揚々と城を出て行った。

何故かひー様がリシアにズルズルと連れて行かれていった。

なにやら必死に助けを求めていたが、瑠璃も他の者も見なかったことにした。

瑠璃はひー様に向けて合掌《がっしょう》する。

きっとしばらくリシアに振り回される日常が待っているだろう。

普段自分が周りを振り回しているのだから、少しは他者の気持ちが分かるようになるといい。

「ルリ、寂しいのではないか？」

肩を抱くジェイドにもたれかかるように身を寄せる瑠璃。

「そうですね、少し。……けど、王都にある家ならいつでも会いに行けますから。お父さんは毎日城に来るだろうし」

「そうだな。けれど、会いに行く時は私も一緒に行くからな」

こんな時まで独占欲を発揮するジェイドに、瑠璃はくすりと笑う。

「ええ。ジェイド様も一緒に行きましょう」

にこりと微笑み合う二人。

ジェイドはゆっくりと顔を近付けていく。

そして二人の唇が触れそうになったその時。

瑠璃がサッと間に手を入れる。

「まだ同調は終わってませんよ」

「今はキスをする雰囲気だったろう⁉」

「駄目です。約束は守ってもらいます」

不満を訴えるジェイドに向けて、瑠璃は非情な言葉を投げ掛けたのだった。

第6話　再会

祖父と両親が城を出て、少し賑《にぎ》やかさがなくなってしまった城内。

寂しくないと言えば嘘になってしまうが、世界を隔てて離れているわけではない。

そう思えば少し気持ちも楽になった。

だが、やっぱり寂しくなると猫の姿になって存分にジェイドに、擦り寄って甘えた。

何故猫の姿なのかというのは、ただ人間だと恥ずかしいからである。

それなのに猫の姿になるとそんなもの気にならなくなるのだから不思議だ。

まあ、ジェイドもモフモフな猫に甘えられて嬉しそうなのでウィンウィンである。

そんなこんなで霊王国へ出発する日が近付いていたある日。

クラウスが瑠璃に手紙を持ってきた。

『私に手紙ですか？』

「ええ。……実は、あなたにお渡しするか悩んだのです。ルリとは因縁《いんねん》のある者からですし。ですが、陛下はルリが判断した方がいいだろうと」

猫の姿でジェイドの膝の上に乗っていた瑠璃が見上げると、ジェイドと目が合い、頷いた。

『誰からですか？』

クラウスは一瞬躊躇った後、口にした。

「ルリと共にこの世界に召喚された者のうちの一人です」

『え⁉』

瑠璃と共にナダーシャによって連れて来られたのは、あさひと中学の時の同級生が三人。

彼らは遠いアイドクレーズという地へと送られ、そこで住み込みで働いている。

アイドクレーズはフィンの両親が領主として治める土地で、竜王国の食糧庫とも言われる豊かな農地が広がる。

年中なにかしら農作物が収穫されるので、常に人手不足ということで彼らは送られた。

そこは出稼《でかせ》ぎなどの人も多く、頼る者のいなくなった彼らにとっては決して悪くない環境である。

彼らが送られてしばらく時が経った。

最近では思い出すことも減り、瑠璃の中では過去のこととなりつつあったのだ。

それが今になって接触を図ってくるとは。

少し瑠璃に警戒心が生まれる。

『まさか、あさひからじゃあ……』

「いえ、もう一人いた女性の方からです」

それを聞いて安堵する。

あさひからだったら、きっとその場で焼き捨てていたかもしれない。

いや、怖いもの見たさで読んだかも。

なにはともあれ、あさひでないなら問題ない。

『読みます。手紙をください』

「どうぞ」

クラウスが机の上に手紙を置く。

それと同時に、ジェイドに腕輪を外され人間の姿に戻った。

「読むなら人間の方がいいだろう？」

「ありがとうございます、ジェイド様」

そう言って膝の上から降りようとしたが、後ろからがっちりとお腹に腕を回される。

無言で訴えたが離す様子はなく、瑠璃は諦めてその状態で手紙を開いた。

そこには決して長くない簡単な文章が書かれている。

会いたいということ。今王都にいること。そして……。

「ええ！」

思わず瑠璃は驚きの声を上げた。

後ろから手紙を覗《のぞ》いていたジェイドだが、日本語で書かれているので内容は分からない。

「どうした？」

「結婚するそうです」

「ふむ、それはめでたいな」

「それで、その報告のために一度会いたいようです」

「ルリはどうしたい？」

瑠璃は少し考えた。

正直彼女とはあまり話したことはなく、むしろあさひの魅了《みりょう》の影響で敵意を向けられていた印象が強い。

まあ、それもあさひの魔力を封じたことで魅了から覚め、瑠璃に謝罪をし、瑠璃はそれを受け入れた。

それだけの関係で特に親しい間柄《あいだがら》ではないのだが、数少ない元同郷。

会って話をするのも良いかもしれないと思った。

あさひの現状も少し気になったからというのもある。

「会ってみます」

「ならばそのように手配しよう。その者はどこにいる？」

「王都の宿にいるみたいですね。手紙の裏に泊まっている場所が書かれてます」

それはこちらの世界の言葉で書かれていたので、クラウスに見せるとすぐに彼女と連絡を取ってくれた。

そして、城の一室で顔を合わせることに。

部屋には瑠璃の護衛として不必要なほどの人員が配置された。

ジェイドの過保護が発揮されたのかと思ったが、愛し子を不確かな者と会わせるなら当然の措置《そち》だった。

瑠璃の横にはフィンが睨みをきかせており、入って来た彼女はフィンを見てビクビクしている。

「えーと、決して噛《か》み付いたりしないので、そこに座って」

「え、ええ」

怯えながらも瑠璃の向かいの椅子へ座る。

元同級生の彼女は、少し大人びたような顔立ちになっており、肌は健康的に焼けていた。

心なしか、たくましくなったように見える。

「久しぶり」

何を言うかと迷った末、当たり障《さわ》りのない言葉が口から出た。

彼女もどこか懐《なつ》かしさを感じるように目を細め「久しぶり」と口にした。

無駄な話で盛り上がれるほど、お互いにお互いを知らない。

話はすぐに本題から入った。

「あのね、私結婚することになったの」

「手紙にも書いてたね。驚いた」

「そ、そうだよね。私も未だに信じられなくて。彼ね、同じアイドクレーズの領主様の所で働いてるの。同じって言っても、あっちは領主様を直々《じきじき》に補佐していて、農地で働く私達を管理するような立場だから、私のような下《した》っ端《ぱ》とは全然違ってて、私にはもったいないような人なの」

頬を染めながら結婚相手のことを話す彼女のことを、瑠璃は微笑ましく見つめた。

「真面目で優しい人なの。結婚を前提に付き合ってほしいって言われた時はまさかって思って……。私もいいなって思っていた人だったから……」

「そっか」

「……でも、でもね。結婚するなら森川《もりかわ》さんの許可を取らなきゃって思って、待ってもらってるの」

「私の許可？　どうして？」

瑠璃には分からない。

彼女が結婚したいと思ったならすればいい。

別に瑠璃の許可など必要ないと思うのだが、彼女は違った。

「私がしたこと。あれはあさひさんの魅了によるものだったのかもしれないけど、確かに私がしたことだから、けじめをつけないと」

彼女は膝の上でぐっと手を握り締めて、眉を下げて笑った。

「こんなこと、森川さんにとったらいい迷惑なのかもしれないけれど、ちゃんとしないと私は胸を張ってあの人の手を取れないから……。だから、ごめんなさい」

そう言って彼女は深く頭を下げた。

「あなたを殺しかけ、散々なことをした私だけど、幸せになりたいと思うことを許して下さい」

正直言うと、そんな昔のこと瑠璃はすっかり忘れていた。

彼女に言われて、そんなこともあったなと思い出したぐらいだ。

確かに当時は許せなかった。

魅了から覚めた彼らの謝罪を受けることはできても、許せるほどの心の余裕はなかった。

けれど、それからの瑠璃はジェイドの庇護《ひご》の下、たくさんの大事な人達に出逢い過去の嫌なことなど忘れるほどに充実した生活を送っていた。

だから、彼女がここまで気に病んでいるとは思いもせず、そのことに驚いた。

きっと彼女達も新しい生活でそれなりに楽しくやっているだろうと思っていたのだ。

けれど、瑠璃を殺すように仕向けたという事実は、予想以上に彼女の胸の中に後悔と懺悔《ざんげ》の念を残したのかもしれない。

もしかしたら、他の二人の同級生も。

そんな彼女に瑠璃が言えることはこれだけだ。

「私、結婚したの」

「う、うん。知ってる。竜王様とよね？」

「そう。ジェイド様はとっても優しくて私を大事にしてくれる。ジェイド様だけじゃない。私の周りにいるたくさんの人が優しく接してくれていて、私のとっても大切な人達よ。そして、そんな人達に囲まれて私は幸せだわ」

元同級生の彼女は、瑠璃が何を言わんとしているのかとじっと顔を見つめる。

「だから、あなた達のことなんて全然思い出したりしなかった」

「そ、そう……」

わずかに彼女の表情が沈む。

自分が来たことは迷惑だったのではないかと思っているのかもしれない。

そんな彼女に瑠璃は告げる。

「だから、気にしなくていいのよ。確かに過去には色々あったけど、そんなこと忘れてしまうぐらい私は幸せだから。あなたも幸せになっていいの」

はっと顔を上げた彼女に瑠璃は笑みを向けた。

「結婚おめでとう」

そう言えるほどにたくさんの時間が流れたことに、瑠璃も、そして彼女も気付いた。

彼女はホロリと涙をこぼし、泣きながら笑った。

「ありがとう」

涙を流す彼女にハンカチを渡し、瑠璃は問い掛けた。

「他の二人はどうしてるの？」

二人とは、もちろんあさひ以外の同級生の男達だ。

「一人は、お金を貯めていつかこのファンタジーな世界を旅したいって言ってた。もう一人は、一緒に働いてるうさ耳の獣人に恋してるみたい。向こうもまんざらじゃなさそうだから、いつ恋が叶《かな》うか、同僚達の賭《か》けの対象になってるわ」

自然とその場に笑いが生まれる。

「二人もこの世界を満喫してるみたいで良かったわ」

「うん。……ちなみにあさひさんのこと、聞く?」

おずおずと問い掛ける同級生に、瑠璃は苦虫《にがむし》をかみつぶしたような顔をする。

「うっ……。聞きたいような、聞きたくないような……」

好奇心が頭を出しては引っ込んだりと忙しい。

「うーん」

瑠璃は唸りながら少し考えた後、「一応教えてくれる?」と告げた。

「えーと、あさひさんはなんて言うか、あさひさんっていうか……」

「うん。予想はしてた。でも、さすがに世間にもまれて改心……まではしなくとも、多少の常識は身に付けたんじゃないの?」

「最初はかなりひどかったよ。仕事しないし、文句ばかりだし、人に仕事押し付けようとしてくるし」

その様子が目に浮かぶようだ。

「けど、領主様の奥方にしこたま怒られて、特別カリキュラムを組まれてだいぶましになったかな」

「特別カリキュラム……」

瑠璃は隣にいるフィンを見上げる。

「えっと、すみません、フィンさん。なんだか迷惑かけたようで……」

元同級生の彼女は、何故フィンに謝るのか分かっていないようなので、瑠璃が説明する。

「このフィンさんはアイドクレーズの領主様の息子なの」

そう言うと納得したようだった。

「領主様にも奥方様にも良くしていただいています。本当にありがとうございます」

そう言って彼女はフィンに頭を下げた。

「礼は両親に。私は何もしていない」

生真面目《きまじめ》なフィンらしくそう断る。

「はい。それはもちろんです。いつも感謝し通しです。今回王都に行くことも奥方様が提案してくださったことなんです。そんなにも気に病んでいるなら直接謝りに行けと。紹介状まで書いてくださって」

「そうか」

若干《じゃっかん》、フィンの威圧感が緩んだような気がする。

再び瑠璃と元同級生は向かい合って座る。

「まあ、そのおかげで多少常識は身に付いたようなんだけど、やっぱりあさひさんはあさひさんっていうか。元々の性格は変わってないから、森川さんは会わない方がいいと思うよ」

瑠璃と会った瞬間、はっちゃけるあさひが目に浮かんで、瑠璃はこめかみを押さえる。

「忠告感謝するわ。アイドクレーズに行く機会があっても、あさひには会わないように気を付ける」

「それが賢明だと思う」

瑠璃と元同級生は、視線を合わせ、静かに溜息を吐いた。

きっと、同じ場所で働く元同級生達の方が、今はあさひに悩まされているのだろう。

そう思うと、瑠璃は同情を禁じ得ない。

アイドクレーズの領主夫妻、特に奥方には、今さらではあるがなにかお礼を送っておくべきかもしれないと瑠璃は思った。

胃薬がいいかもしれない。

「ま、まあ、なんとかやってるみたいで良かった。王都にはいつまでいるの？」

「森川さんと話もできたし、少し王都を観光してからアイドクレーズに戻るつもり。実は彼も一緒に来てるの」

「えっ、そうなの？」

「うん。本当は今日も付いてくるって言われたんだけど、私自身でけじめをつけたかったから、宿で待ってくれてる」

「なら、ちゃんと返事しないとね」

からかうようにそう言うと、元同級生は頬を染めながらはにかむように笑って頷いた。

元同級生との再会は、思った以上に話が盛り上がり、あっという間に時間は過ぎ去った。

そして、別れの時。

「ありがとう、森川さん。会ってくれて。肩の荷が下ろせた気がする」

「どういたしまして。また王都に来たら寄っていって」

それがなかなか難しいことは両者分かってのことだ。

同郷の者とは言え、愛し子である瑠璃に、ただの庶民の彼女が簡単に会えるはずがない。

今回はフィンの母親の仲介があったからこそ、ジェイドとクラウスも瑠璃に手紙を見せることにしたのだろうから。

それでも、また会いたいと瑠璃は思った。

「ええ、必ず。それか、森川さんがアイドクレーズに来たら教えて。他の二人にも会わせたいから」

「分かった。その時は手紙を出すから」

最後には二人共笑顔で別れることができた。

第7話　霊王国へ向かう旅

その日、瑠璃は四カ国会談に向かうために、港へ来ていた。

それはもう大きな豪華客船を前にして、大きく口を開けている。

「ほわぁ、すごい」

「最近開発された、最新式の船だ」

隣に立つジェイドが説明してくれる。

しかし、瑠璃には疑問に思うことがある。

「今回は飛んでいかないんですか？」

前回霊王国へ行った時はジェイドや護衛は竜体となって飛んで霊王国まで向かった。

けれど今回は船で行くという。

「ああ。これのお披露目《ひろめ》のためにな」

「船の？」

「この船は、セラフィ殿の魔女の知識を生かした、船の形をした魔法具だ。魔力をエネルギーに活用し、従来の帆船《はんせん》よりも遥《はる》かに速度が出る」

そういえば少し前にセラフィから追加で大量の魔石が欲しいと頼まれたことを瑠璃は思い出した。

空間の中には山ほどあったので、バケツいっぱいの魔石を進呈したのだが、まさかこんなものを作っていたとは思いもしなかった。

「これは船の業界に革命を起こすだろう。それぐらい速度が桁違《けたちが》いだ。国同士の行き来も楽になる。これを帝国や霊王国の者に見せたいのだ。あの二国は流通の重要地点となる港があり、自国でも海軍を有しているからな」

「売りつけるんですか？」

「早い話が、そういうことだ」

特に帝国には売れるだろうと、ジェイドは悪い顔をした。

帝国は民のほとんどが人間の国。

魔力を使える者は他の三国と比べても少なく、霊王国へ向かうのにも飛んでいくというわけにもいかず、長い船旅を経るので毎度霊王国へ行くのも一苦労なのだそうだ。

速い船があれば、高い金を出してでも飛び付くだろうとジェイドは言っている。

なるほどと思いつつも、ジェイドがそんながめつい商人のアマルナのように金に執着を見せるのは珍しいなと思っていたら、共に向かうクラウスがそっと耳打ちした。

「あれからも何度か帝国の貴族から愛し子と面会を求むという手紙が届いているのですよ。あまりにしつこくて、温厚な陛下も頭にきているようで、今回はこの船で貴族と交渉するつもりなのです」

最初に高値をふっかけて、相手が渋ったところで、今後愛し子と会わせろというようなことを言ってこなければ少し安くしてやる、という交渉に持ち込むつもりのようだ。

よほど、帝国の貴族にうんざりしているらしい。

その問題の愛し子は瑠璃を始めとした身内なので、瑠璃も申し訳なく思う。

そんなこんなありつつも、準備が整ったので瑠璃は船に乗り込んだ。

もちろん、コタロウとリンも一緒である。

すると、船に乗り込む階段の前でなにやら揉めている様子。

見ると、ひー様が乗り込もうとしているのを、母親であるリシアが笑顔で止めているところだった。

「私も一緒に行くぞ！」

「だーめよ。ひーちゃんには新作の服のモデルになってもらうんだから」

「い～や～だ～」

「もう。我《わ》が儘《まま》言わないの」

そう言ってずるずると船から引き離されていった。

瑠璃は見なかったことにする。

めでたくジェイドが用意した王都の店舗《てんぽ》で洋服店を始めたリシアは、この世界では目新しいデザインの服を続々と発表している。

実際に自分も着たりしているおかげか、愛し子が着ているということで新しいものが好きな一部の者から少しずつ広まってきているようだ。

そこまではいいが、男性もののモデルとしてひー様が駆り出されているらしい。

リシアが城を出る時にひー様を連れて行った理由が分かった。

まあ、見目《みめ》はいいので、服の宣伝係として不足はないだろう。

何だかんだで、ひー様も店にやって来る女性を口説《くど》きつつ服の宣伝もしているらしいので、天職かもしれない。

リシアは満足なようだが、やはりひー様はリシアが苦手なようで、今もリシアから離れるべく船に乗り込もうとしたのを止められている。

あのひー様を手のひらの上で転がせるとは、我が母ながら恐ろしいと瑠璃は思う。

その後続々とジェイドや、クラウス、フィンが乗船してくる。

ジェイドがいない間の竜王国のことは、先王でもあるクォーツと宰相のユークレースに任せられている。

二人も見送りのために船の前まで来ており、クォーツの横にはセラフィと光の精霊の姿もある。

そんな彼らに手を振り、船は動き出した。

ジェイドが言うように、確かにこれまでの帆船よりスピードが速い。

それに加え、帆船のように帆を張ることで、風の力も加えてさらにスピードを上げることができるようだ。

魔力で動く船とはなんともファンタジーだなぁと、今さらのように瑠璃は思う。

しかしだ、ヤダカインの魔女の知識を外に出して良いのかという心配もある。

なにせヤダカインの魔女はこれまで精霊殺しの魔法を使って色々とやらかしてきた存在だ。

あまり良いイメージはない。セラフィは別だが。

そんな良くない印象を持つ瑠璃に、クラウスが否定した。

「これには精霊殺しの魔法は一切使われておりませんから大丈夫ですよ」

まあ、当然だろう。

そんなことをコタロウ達が許すはずがないのだから。

「元々魔女は精霊殺しの魔法などは使っていなかったのです。セラフィ殿から提供された知識は、そんな精霊殺しを活用しない、本来の魔女が使っていた知識です」

「あー、確か、精霊殺しを作ったのは二代目の王様で、初代の女王様はそれを許さなかったってリディアが言ってたような……」

つまり、それまでは精霊殺しを使わない魔法が使われていたということで、精霊殺しなどなくとも魔法具は作れるのだ。

しかし、初代の女王のことなど初耳のクラウスは驚いたような顔をしている。

「そうなんですか?」

「リディアによると、初代の女王様は、精霊殺しを作った次の王様に殺されちゃったみたいです。初代は精霊殺しを世に出したくなかったから」

「そんな経緯があったのですか」

「セラフィさんも知らなかったみたいですからね」

さすが精霊。生《い》き字引《じびき》のような存在だ。

「すごい魔女だったようですから、そんな人なら飛行機でも作れちゃうかもしれないですね」

「ひこうき?」

「私の世界にあった、すごい速さで空を飛ぶ乗り物です」

「ほお、ルリの世界にはそんな便利なものがあるのですか」

クラウスが実際に見たら腰を抜かすかもしれない。が、逆に瑠璃の世界の者が空を飛ぶ竜族を見たとしても間違いなく腰を抜かすだろう。

船旅は、帆船ではないエンジンで動く現代の船を知っている瑠璃から見たら、特に驚くほどのものではなく、すぐに飽きた。

逆に、帆船しか知らない乗組員はどう動いているのかと興味津々だ。

動力の元となる魔石に魔力を流すことで動いているようだが、どうしたらそうなるのかはセラフィしか知らない。

魔女の持つ知識なので、誰も分からないのだ。

ただ、魔石のある部屋には、大きな魔法陣《まほうじん》――瑠璃はこれまで魔方陣と思っていたが、セラフィによると魔法陣が正解のよう――が刻まれていた。

その魔法陣に書かれている内容によって動くようになっているのだが、魔女にしか分からないのだという。

この船が無事に航海できたなら、ヤダカインと国交を回復し、魔女の知識を授けてもらうべきではないかという声もあるそうだ。

もちろん、一方的な取引ではなく、竜王国側もそれに見合う何かを渡さなければならない。

そんな話がジェイドと側近達の間で話し合われていたが、その辺のことは政治に干渉すべきではない瑠璃には関係ないので、邪魔をしないようそっと部屋を出た。

甲板《かんぱん》に出ると、潮風が気持ちよく瑠璃の髪をなびかせる。

「うーん、気持ちいいな」

ふと、視線を向けると、青ざめた顔でうずくまるユアンを発見した。

「ユアン、どうしたの？　具合悪いの？」

「き、気にするな。ただの船酔いだ……。うっ……！」

込み上げてきたのか、両手で口を押さえるユアンに、瑠璃は慌てる。

「大丈夫!?　薬は飲んだ？」

「今飲んだら全部出す……」

瑠璃はグロッキー状態のユアンの背を優しく擦《さす》ってやる。

「部屋で横になってた方がいいんじゃない？」

「見張りの仕事が……」

「そんな状態でできるわけないでしょう。見張りなら精霊達に頼んでおくから、部屋で休んでおいでよ」

ユアンは少し逡巡《しゅんじゅん》した後、今の自分では役立たずだと判断したのか、よろめきながら部屋へ向かっていった。

それを心配そうに見送ってから、瑠璃は精霊達にお願いする。

「皆《みんな》ー。何かあったらすぐに教えてね」

『はーい』

『分かったー』

元気よく挨拶をする精霊達。

そう頼んだものの、海の上で見張るものなどないだろうにと、瑠璃はそう思っていた。

しかし、船に乗って数日経ったある日のこと……。

その時、瑠璃は部屋でのんびりとしていた。

いくらスピードが速くなったと言っても、飛行機のように速いわけではないので、霊王国へ着くまで何日もかかる。

その数日間特に問題は起きず、起きたとしても船酔いを起こした者が数名いたぐらいで、他は順調な航海を続けていた。

もう霊王国の領海内に入っただろうかと思われたその時は、船は魔力ではなく帆の力のみで動いていた。

魔法具を動かすには魔力を必要とするが、常に魔力を流し続けていたらすぐに枯渇《こかつ》してしまう。

一応交替で魔力を流しているようだが、巨大な船を動かすとなると相当な魔力を消費してしまうようだ。

それ故に、魔力を使わない休憩の時間を設けている。

その間は帆船として動いていた。

航海は予想以上に順調。多少のんびりしていても問題なく進んでいたからこそだ。

そして、霊王国もあと少しで到着かと全員の気が緩んだ時、突然砲撃の音が鳴り響き、瑠璃は椅子から転げ落ちそうなほどに驚いた。

「な、なに、今の音⁉」

途端に外がざわざわとし出す。

『ルリ～。変なの来た～』

「はっ？　変なのって何？」

『髭《ひげ》の汚いの～』

『もじゃもじゃ～』

『いっぱい来たよー』

「さっぱり分からん」

瑠璃は様子を見に、外へと向かう。

すると、瑠璃達の乗る船に横付けするように一隻《せき》の大きな船が並んでいた。

「えっ、何、何？」

なにが起きたのか分からない瑠璃は困惑する。

そうしている間に、その船からこちらの船にどんどん人が乗り込んで来た。

精霊の言うように、手入れのされていない髭がもじゃもじゃの男達が。

「うん、確かにもじゃもじゃだ」

『でしょー』

そうして武器を持った者が甲板で好き勝手に暴れ始める。

それを呆然《ぼうぜん》と見ていた瑠璃に、クラウスが慌てることなく駆け付ける。

「瑠璃、危険ですから部屋に入っていてください」

そこかしこで戦闘が始まっているにもかかわらず、冷静を通り越してのんびりと笑うクラウスに瑠璃の方が慌ててしまう。

「どういう状況なんですか⁉」

「少し海賊《かいぞく》が襲ってきただけですよ」

まるで、ちょっと通り雨が来たぐらいのノリで言うクラウスに瑠璃は目を丸くする。

そして、海賊と聞いた瑠璃は思わず上を見た。

そこには竜王国の竜王を示す国旗がはためいている。

クラウスに視線を戻した瑠璃は、真剣な顔で問うた。

「海賊？」

「はい」

「この船を襲ってるんですか？」

「はい」

「竜族がたくさん乗ったこの船を？」

「ええ、この船を」

「もしかして相手は竜族並の力を持った亜人とか？」

「いえ、ただの人間のようです」

「…………」

瑠璃は思わず呆れた声で「えっ、馬鹿なの？」と呟いた。

クラウスもそれは否定しない。

無言。それがなにより雄弁に物語っていた。

この船には旗が立っている。

遠目に見ても分かるそれには、竜王国の竜王を示す紋章が描かれている。

つまり、この船には竜王が乗っていると告げているようなものだ。

世界最強の竜族。その竜族の中で最も強い者がなる竜王に喧嘩を売るなど自殺行為でしかない。

それが分からないとは、ただの愚《おろ》か者《もの》か。何か思惑《おもわく》があってのことなのか。

分からないが、その辺りで一瞬のうちに倒されて転がっている海賊達を見るに、前者かもしれないと瑠璃は思った。

そしてよくよく見ていると、誰よりも前列に出て次々と海賊を再起不能にしているのはジェイドである。

「いやいや、竜族の船を襲うとかアホでしょう」

クラウスの落ち着いた様子から見ても、大丈夫なことが分かるので、瑠璃も海賊が襲ってきたと聞いても動じない。

むしろ、海賊達に憐憫《れんびん》すら浮かんでくる。

あらかた片付いたところで、クラウスは海賊達を縄で縛るのを手伝うべく離れていった。

『あ、ルリ』

「へ?」

リンに呼ばれて振り返ろうとすると、後ろから腕が伸びてきて瑠璃は動きを封じられる。

首元にはキラリと光る刃物が突きつけられ、ようやく海賊の残党に捕まったことを悟《さと》る。

髭面《ひげづら》の人相の悪い男は、瑠璃に短刀を突きつけながら叫ぶ。

「おらぁ！　この女を放してほしかったら大人しくしろ！」

どこぞの三文芝居のようなお決まりの言葉を発する髭面の男は、その瞬間全員の殺意を一身に受けていることに気が付いていない。

中でもジェイドの顔は恐ろしく、味方であるはずの瑠璃の方が背筋が寒くなるようだ。

「おじさん、悪いこと言わないから投降した方がいいかも」

すでに逆鱗《げきりん》に触れているので許してくれるとは思わないが、早いに越したことはない、はず。

瑠璃も、目の前で般若《はんにゃ》のような顔をしているジェイドを見ると、この男が無事ですまされる自信がない。

というか、静かすぎる精霊達が気になった。

恐る恐る視線を向けてみると案の定、目を吊り上げたリンとコタロウの姿が目に入ってきた。

「おじさん、早く命乞いした方が……」

「ああ⁉　うるっせぇな小娘！　殺すぞ！」

「人が親切に言ってあげてるのに……」

瑠璃の親切も海賊には伝わらないようだ。

そんな二人の前に泣く子も逃げ出す怖い顔をしたジェイドが剣を片手に持って立った。

さすがに鈍《にぶ》い海賊も、このジェイドの覇気《はき》の前にだんだんと青ざめている。

「貴様《きさま》、私のルリに触れるとは万死に値する。その腕切り落としてやろう」

「ジェイド様、ブレイク、ブレイクー！　落ち着いてください」

と、瑠璃が止めようとすると、ジェイドの怒りは何故か瑠璃にも向けられる。

「何故止めるのだ！　そのような男、四肢《しし》を切り落とした上で細切れにしてから海に撒《ま》いて魚の餌《えさ》にしてやる」

「だから止めてるんですよ。目の前でスプラッタは嫌ですから！」

すぐ隣で血飛沫《ちしぶき》を浴びたくない瑠璃は必死で止める。

「ごちゃごちゃとうるせえ！　少し黙ってろ！」

そう言って男が瑠璃に短剣を振り下ろす。

が、コタロウにより常に守られている瑠璃を傷付けられるはずもなく、短剣はコタロウの張った結界《けっかい》により弾かれてどこかへ飛んでいった。

武器を失った男が狼狽《うろた》えている間に静かに瑠璃は移動してジェイドの側に。

ジェイドは安堵したように瑠璃を抱き締めた。

一方の男には、精霊達がビタンビタンと張り付いていく。

「な、なんだ、体が動かない」

どうやら男に精霊は見えていないようだ。

さらに、リンが海の水を操《あやつ》り、海水が柱のように噴き上がったかと思うと、蛇《へび》のような動きで男を飲み込んだ。

「ガボガボガボ」

全身を海水に包まれた男は息ができないようで、必死に藻掻《もが》いている。

そのまま少しすると、がくりと男は意識を失って倒れた。

それを見届けてから、何事もなかったかのように海水は海に返っていった。

「こ、殺してないよね？」

『大丈夫よ、ちょっと気を失わせただけだから』

鼻息荒くリンが答えた。

愛し子を襲って気絶ですんだのだから手ぬるい対応である。コタロウは少し気に食わないのか、それとなく前足で男の顔を踏んづけていた。

残っていた海賊はそれを見て戦意喪失《そうしつ》。

次々に捕縛《ほばく》されていった。

なんともあっけない海賊の襲撃は、暇を持て余していた竜族の暇潰《ひまつぶ》しに大いに貢献したと言って良いかもしれない。

全てが終わった後になってから、幽鬼《ゆうき》のように顔色の悪いユアンが姿を見せた。

「何かあったのか？」

「海賊が襲ってきたの。もう終わったけど」

「そうか……。なら、寝てくる」

「お大事に」

瑠璃は苦笑を浮かべる。

ユアンも海賊と聞いても一切動じていない。

竜族の強さと信頼が分かるというものだ。

片付けが終わると、海賊は一カ所にまとめられ、この後霊王国に引き渡すそうだ。

心なしか竜族の人達の顔が生き生きとしているのは、海賊のおかげで軽く運動できたからだろう。

思わず海賊を憐《あわ》れに思ってしまった。

よりによって竜族の船を襲撃するとは、運がない。

そうこうしているうちに、船は霊王国へと辿り着いた。

第8話　霊王国に到着

ようやく霊王国の港へと到着した瑠璃達。

「着いたー」

揺れない陸に数日ぶりに足をついた瑠璃は元気よく伸びをし、異国の空気をたっぷり吸い込んだ。

その横では小さな精霊達も同じ動きを真似《まね》している。

「精霊だ」

「本当だ。あんなにたくさん」

「愛し子様だ」

「あの旗は竜王国ね」

瑠璃が船から下りた瞬間、周囲はたくさんの精霊を侍《はべ》らした瑠璃を見てすぐに愛し子だと察する。

かなり注目されていたが、瑠璃も愛し子と言われ続けて随分経つ。

視線を向けられるのにはだいぶ慣れた。

それに嫌な視線というわけではなく、好意的な眼差しばかりだからなお問題ない。

霊王国の国民は他国に比べて愛し子に慣れている。

愛し子がこの国にいるからというだけでなく、霊王国の愛し子であるラピスは護衛も付けずにフラフラと町を散策しているようなのだ。

これが獣王国ならとんでもないことだが、霊王国では日常茶飯事《にちじょうさはんじ》だったりする。

比較的親しげと思っていた竜王国より、さらに霊王国の人々はラピスを町の日常として受け入れていた。

それは霊王国のおおらかな国民性がそうさせるのかもしれない。

現に、最初は瑠璃の登場を驚きと好奇の目で見ていた人達も、次々に興味をなくし各々自分達のすべきことへ戻っていった。

瑠璃達も、霊王のいる城へと向かうべく準備を始めている。

霊王国から使者が来ていたが、ジェイドやクラウス達は、途中で捕まえた海賊達の引き渡しなどで話し合っているようだ。

暇を持て余した瑠璃は、港で開かれている市場に向けてふらふらと歩き出す。

すると、それに気付いたジェイドが声を掛けてくる。

「ルリ、あまり遠くへ行くな」

「はーい、分かってます」

「ユアン、ルリの護衛を」

「かしこまりました」

船に散々酔ったユアンは未《いま》だに青い顔をしていたが、陸に着いたことで若干酔いもましになったようだ。

とは言え、あんなへロへロで護衛になるのか甚《はなは》だ疑問である。

まあ、瑠璃には最高位精霊であるコタロウとリンが側にいるので心配はない。

何か起きるとしたら迷子になるくらいだろう。

だが、瑠璃も愛し子として多少の自覚が出てきたので、心配させないためにもジェイドの見えない所まで行くつもりはない。

場所が違うからか、並ぶ魚介類もどこか竜王国とは違う。

これ食べられるのかと疑うような奇抜な色の魚介類が売られていたりして、瑠璃の興味を誘う。

市場の店の人はラピスで慣れているのか、瑠璃が来ても動じることはなく、むしろご近所さんのように積極的に声を掛けてくる。

それには、霊王国の聖獣の体を使っているコタロウも大きく貢献していた。

「愛し子様、こっちで味見をしていってください。美味しいですよ。ラピス様も大好きな果物なんです」

「へぇ」

「聖獣様もどうですか？」

『我は聖獣ではなく、風の精霊だ』

「あらまあ。でも、私達にとったら似たようなものですよ。で、どうです？」

『うむ。もらおう』

などと言って、一つの店で足を止めたら、隣の店からも声を掛けられそこでも味見し、完全に餌《え》付《づ》けされていた。

「ユアンも食べる？」

「……いらない」

どうやらユアンはまだ船酔いから回復してない様子で、ハンカチで口と鼻を覆っている。

今食べ物の匂いはきついようだ。

なので、ユアンを放置して片っ端からお店を見ていく。

竜王国の王都も港があり、多種多様な物が集まってくるが、霊王国は竜王国とはまた違った珍しい食材などが集まっているようだ。

竜王国へのお土産《みやげ》にと、気になった物を次々と買っていく。

瑠璃は船旅の道中で、ジェイドから大金を渡されていた。

なんでも、セラフィが作った船に必要な魔石をたくさん提供した瑠璃への報酬《ほうしゅう》らしい。

もともとは動物に変身する魔法具を作るために提供したものだったが、ユークレースに制作を禁止されて残った魔石と追加で渡した分が、船に使われたようなのだ。

セラフィに渡したものだからセラフィがどう使おうと気にしてはいなかった。

なので対価は必要ないと断ったが、魔石は船の魔法具を作るのに必要不可欠なもので、簡単に手に入るものではない。

それを提供した瑠璃に何も対価を渡さないわけにはいかないと、無理やりに手渡されたのだった。

なので、今瑠璃の懐《ふところ》はとってもあったかい。

次々に大人買いしていく瑠璃を目にした商売人はがぜんやる気を出して瑠璃を呼び込もうと躍起《やっき》

になる。

味見しては買い、味見しては買い、としていると、突然ドンと人とぶつかった。

「あっ、すみません！」

食に集中していて周りに気を配っていなかった瑠璃はすぐに謝罪する。

ぶつかった相手は、褐色《かっしょく》の肌に金色の髪をした、瑠璃より少し年下に見える青年で、この霊王国の人とは少し違った服装をしていた。

霊王国の人は日本と中華を足して割ったようなアジアっぽい服装をしているが、目の前にいる青年はアラビアンな雰囲気の服装だったため、すぐに霊王国の人間でないことが分かる。

瑠璃はすぐに謝ったにもかかわらず、相手は謝るでも返事をするでもなく瑠璃の顔をじっと見つめてくる。

「あの……なにか？」

瑠璃が怪訝《けげん》そうにすると、青年は白い歯を見せて人懐っこい笑みを浮かべた。

その可愛らしさを含んだ笑みに思わずドキリとしてしまった瑠璃。

そんな瑠璃の手を青年はぎゅっと両手で握り締める。

「えっ、あの……」

「君、名前は？」

「えっと……」

「俺はギベオン。綺麗な君の名前は？」

困惑する瑠璃にぐいぐい迫るギベオンなる青年におされて、瑠璃は思わず答えてしまう。

「る、瑠璃です」

「ルリ！　なんて可愛い名前なんだ。まるで君のためにあるような名前じゃないか。本当に可愛いよ」

大袈裟《おおげさ》なほどに褒め倒すギベオンに瑠璃もまんざらではない。

かなり怪《あや》しいが、褒められれば嬉しくなってしまうものだ。

思わず照れる瑠璃に、ギベオンの猛攻は絶えない。

「こんな異国の地でこんなに素敵な人に出会えるなんて俺はなんて運が良いんだ。どうだろう、これから俺と食事にでもいかないか？」

「ごめんなさい、人が待ってるから」

瑠璃がチラリとユアンを見ると、ギベオンも視線を向ける。

が、一瞥《いちべつ》しただけで再び瑠璃を見つめる。

「あんなつまらなそうな男より俺の方が君を楽しませられるよ」

さすがに近すぎる距離に瑠璃は抵抗を見せギベオンから離れたが、すぐに距離を詰められる。

「それとも俺じゃあ、君みたいな可愛い人の眼中にないかな？」

途端に悲しそうにしょんぼりとするギベオンに瑠璃は慌てる。

「えっ、いや、そんなことは……」

思わず否定してしまうと、ギベオンは嬉しそうに表情を明るくした。

「本当か？　嬉しいよ」

表情がクルクルと変わり、まるで感情とともに動く耳と尻尾が見えそうなギベオンに、瑠璃はなんとも表現しがたい感情が浮かんでくる。

すると、瑠璃の意識を戻すかのように、リンが大きな声を発する。

『王様、ルリが浮気してるわよ～』

「なんだと⁉」

ジェイドの目の届くところにいるとは言え、かなりの距離があったのだが、ジェイドは地獄耳《じごくみみ》のごとくその言葉を聞き逃すことはなかった。

目から殺人光線を発しそうな目つきでやって来たジェイドは、ギベオンに射殺しそうな目を向けた。

「おっと、君の恋人はこっちじゃなくてあっちだったか」

分《ぶ》が悪いと思ったのか、ギベオンは瑠璃の手を取り、手の甲《こう》に口付けを落として去って行った。

「またね、可愛いルリちゃん」

そう言い残して。

「ルリ！」

ジェイドは瑠璃の手の甲をハンカチでゴシゴシとこすった。

「ユアン、側にいながら何をしていた！」

「えっ？　申し訳ありません！」

船酔いの余韻《よいん》に苦しんでいたユアンを怒るのは少し可哀想《かわいそう》だったが、それがユアンの役目だったのだから仕方がない。

次にジェイドの怒りの矛先は瑠璃へと。

「ルリも、どうしてもっと抵抗しなかったんだ⁉」

「あはは……すみません……」

だが、どうしようもなかったのだ……。

「私、どうやらわんこ系男子がタイプみたいです。今発覚しました」

「わんこ系？」

「なんて言うか、こう母性本能をくすぐられるような可愛い男性？」

まさに、先程の青年のような雰囲気の。

よくよく考えると確かに瑠璃は周囲にいる精霊達に甘い。悲しそうにされると強く出られなかったりする。

「……なるほど、分かった」

「分かったって何がです？」

「要は早く子供が欲しいということだろう、私に任せろ」

そう言って腰に腕を回し引き寄せる。

「いやいや、全然任せられないんですけど。どうしてそうなるんです⁉」

「母性を感じたいのだろう。子供ができればすぐに解決だ」

「そんなことひとっことも言ってませんよ」

「二度と他の男など目に入らぬようにするから、安心して身を任せるんだ」

「わぁぁ。すみません、すみません！　もう言いませんから。ちょっと血迷っただけです」

ジタバタと暴れたがジェイドは離してはくれず、それからジェイドと行動を共にさせられた。

市場を見回るのはおあずけである。

自分が口にしたこととは言え、番い至上主義の竜族の前で言うには軽率すぎた。

軽い冗談のつもりだったのだが、ジェイドには通じなかったようだ。

二度とこういう冗談は言うまいと、瑠璃は反省した。

そして、そんな冗談は抜きにして、瑠璃は先程の青年が少し気になっていた。

ジェイドに言うとまた勘違いされそうなので、側にいるリンとコタロウにコソコソと話す。

「ねぇ、さっきの人、なんか変じゃなかった？」

『あら、ルリもそう思う？』

「リンも？　コタロウは？」

『うむ。我も何か気になる』

「なんて言うのかな、気配がないっていうか。ぶつかるまで側に人がいるのに気が付かなかったのよね。それに、ユアンや他にも護衛の人がいたのに誰も助けに来なかったし」

瑠璃に不審な人物が近付いていたにもかかわらず、側にいながら誰も間に入ってこなかった。

ユアンは確かに体調が悪そうだったが、それでも見逃すほど無能ではない。

ユアンの様子を見ていると、ジェイドが側に来てからようやくギベオンの存在に気付いたというような顔をしていた。

『私達は気付いてたけど、他は誰もあの男の存在を認識してなかったわよ。それが、私が王様に声を掛けてから、ようやく意識が向いたって感じで。なんだか前にも似たようなことがあったような気が……』

リンは思い出せないのか首を傾げるが、分からないようだ。

コタロウもそれは同じのようで……。

『我も分からぬ。念のため気を付けておいた方が良いかもしれぬな。まあ、我らもルリに敵意を向けているように感じなかったから最初は放置していたのだが、少し気になる』

すると、コタロウは近くにいた数人の精霊に、後を追うようにと命じていた。

言われた通りに後を追っていった精霊達だったが、数分もしないうちに帰ってきた。

「どうしたの？」

『見失っちゃったー』

『どっか行ったの～』

「えっ」

精霊が見失うなどあるのかと、コタロウに視線を向けると、コタロウもリンも難しい顔をしている。

『あら、ますます怪しいわね』

『風の精霊の目から逃れるなどただ者ではないぞ』

『ちょっと本格的に調べた方が良さそうじゃない？』

『うむ。ルリに何かあってからでは遅いからな』

「別に私にはコタロウが常時結界を張ってるから大丈夫じゃない？」

しかし、ジェイド並に心配性なのがコタロウである。

『いや、何かあってからでは遅い。霊王国の王都中の精霊を動かそう』

「えっ、そんな大がかりにして大丈夫？」

ここは竜王国ではなく霊王国だ。

人様の土地で勝手をしていいのかと思ったが、そもそも精霊に人が決めた国境など関係あるはずもなく、瑠璃が止める前にコタロウは指示を出し終わっていた。

「コタロウは過保護だよね」

『神光教の時のように後手《ごて》に回ってルリを危険な目に遭《あ》わせるわけにはいかないからな。ルリは我が守る』

忠犬であると同時に、なんともイケメンなことだ。

ジェイドという旦那様がいなかったら、あやうくときめいていたかもしれない。

お礼の代わりに、力いっぱいそのモフモフな体に抱き付いた。

第9話　二人の愛し子

霊王国からの迎えの者が用意した馬車に乗り、瑠璃達は城を目指した。

湖の上に浮かぶようにしてある霊王国の城は、相も変わらず見惚《みと》れるほどの美しさ。

二度目となる瑠璃だが、何度見てもその美しさに感動してしまう。

「獣王国と帝国の方々も少し前に着き、皆様お揃いです」

「そうか。早めに出たつもりだったが少しゆっくりしすぎたか」

霊王国の人とジェイドが話をしている側で、城の入り口に立つ瑠璃は、口を半開きにしてそこに置いてあったある物に目が釘付《くぎづ》けだった。

「コタロウがいる……」

そう、城の入り口にはコタロウが飾られていた。

もちろん、今のコタロウではない。

コタロウがこの国の聖獣の体を得る前に使っていた大きな猪《いのしし》のような魔獣の体だ。

それがどーんと鎮座《ちんざ》しているではないか。

「なんで、こんなものが……」

不思議がる瑠璃に、霊王国の者が説明してくれる。

「そちらは以前に風の精霊様が置いて行かれたものです。どう処理すべきかと悩んだのですが、魔獣とは言え、元々は風の精霊様が使われていた特別な体。それを他の獣のように処理するのは忍びなく、それならば剥製《はくせい》にして多くの者に見てもらおうと、こうして飾らせていただいているのです。もちろん、樹の精霊様にも許可を得ておりますよ」

「はぁ、そうですか……」

以前の体は邪魔だから置いてきたと言ったコタロウ。

瑠璃はその体が食卓に上がらないかと心配したものだが、まさか剥製となって再び目にするとは思ってもいなかった。

少し複雑な気持ちだが、オブジェとして大切にしてくれているならまあ良いかと思い直す。

「皆様長旅でお疲れでしょう。お部屋へご案内いたします」

霊王や他の国の人達に会うのは明日ということで、その日は部屋に案内され疲れを癒すことに。

瑠璃に用意された部屋は、当然という感じでジェイドと同室だった。

まあ、夫婦となったのだから問題はない。

というか、そもそも結婚以前から一緒の部屋で寝ていたのだ。

最初が猫としての出逢いだったから違和感はなかったが、人間と分かってからも一緒の部屋で寝起きしていたのは今から考えるとおかしかった。

だが、誰も疑問を持たなかったのだから、あの頃から瑠璃が竜妃となるのは臣下一同望んだ当然の流れだったのだろう。

知らぬは瑠璃だけだったのだ。

瑠璃がジェイドを受け入れたからいいものの、他の誰かを選んでいたらどうなったのか。

今の瑠璃にべったりのジェイドを見ると、恐ろしくて想像できない。

相手を闇に葬《ほうむ》るぐらいはしそうである。

何せ竜王。権力も権限もある。

一人ぐらいはどうにでもなるだろう。

両想いになって本当に良かったと思っているのは瑠璃だけではないはずだ。

部屋でジェイドとまったりしていると、コタロウとリンが入ってきた。

どうやら樹の精霊に挨拶をしに行っていたようだ。

「おかえり」

『うむ』

『ただいまー』

コタロウとリンは、瑠璃とジェイドの向かいのソファーに乗る。

『ルリ、やはり市場で会った男は行方《ゆくえ》がつかめぬようだ』

「コタロウでも？」

『うむ』

「えー」

最高位精霊であるコタロウでも見つけられないとは、ますます何者か気になる。

けれど、瑠璃の脳裏《のうり》に嫌なものがよぎる。

「まさか精霊殺しが使われてるってわけじゃないよね？」

『いや、それならば奴に会った時に、我かリンが気付いている。それとは別だ』

「じゃあ、どうしてだろ？」

『分からぬ。一応引き続き捜索してみる』

「うん」

瑠璃達の話を聞いていたジェイドは不思議そうにする。

「なんの話だ？」

「今日会った男の人のことです」

瑠璃はジェイドに、今日会ったギベオンという青年の不審さを説明する。

「なるほど、確かに怪しいな。……そう言えば、あの服装はアイオライト国の民族衣装のようだったな」

「アイオライト国？」

「少し前に滅んだ国だ。今は攻め込んできた隣国に吸収されてその名はなくなっている。あの服装を見るに、アイオライト国と深い関係がある者だろう」

「へぇ」

「まあ、だからと言って何が分かるということでもないが」

瑠璃はコタロウに視線を向ける。

「もうほっといたら？」

『いや、ここまできたら何者か調べねば我の気がすまぬ』

どうやら意地になっているようだ。

リンはやれやれという様子だが止める気はないようで、瑠璃は苦笑を浮かべ好きにさせることにした。

翌日、四カ国の王と愛し子が揃う。

瑠璃はいつもより綺麗に身繕《みづくろ》いし、ジェイドにエスコートされながら共に一同が集まる部屋へと足を踏み入れた。

そこにはすでに他の者が集まっている。

瑠璃もよく知る獣王国の愛し子セレスティンは、ジェイドが入ってくるや嬉しそうに駆け寄ってくる。

「ジェイド様！」

そのままジェイドの腕にしがみ付こうとしたセレスティンとジェイドの間に瑠璃は自身の体を滑り込ませる。

大きく手を広げて通せんぼをする瑠璃に、セレスティンは眉をひそめる。

「ルリさん、邪魔ですよ！」

「当然です。邪魔してるんですから。もうジェイド様は私の旦那様なんですから、あんまりべたべたしないでください！」

「そんなこと私はまだ認めていません！」

「ちゃんと結婚式にも出席しておいて何言ってるんですか！」

「あーあー、聞こえません」

セレスティンは耳を塞《ふさ》いで聞くことを拒否した。

「何を子供みたいなことをしてるんです！」

「私は認めないと言ったら認めないのです。あれはきっと幻覚です。そうに違いありません」

「往生際《おうじょうぎわ》が悪いですよ。もう諦めて受け入れたらどうですか」

「嫌です！」

瑠璃とセレスティンが言い合いをしているのを、ジェイドと獣王アルマンはやれやれという様子で見ているしかできず、代わりに声を掛けたのは帝国の皇帝アデュラリアだ。

「そこのお二人、仲が良いのは結構だが、そろそろ座ってはどうか？」

「アデュラリア様、私達は決して仲が良いわけではありませんのよ」

そうセレスティンは訂正するが、端《はた》から見たら仲良くじゃれているようにしか見えないのを二人だけが分かっていない。

だが、言い合いはとりあえず収まり、各々席に着いていく。

が、しかし、ジェイドの隣の席を巡って無言の攻防が始まり、仕方なくジェイドを真ん中に両隣に瑠璃とセレスティンが座ることとなった。

「では、始めるか」

霊王アウェインの言葉を合図に、次々に食事が運び込まれてくる。

霊王国の食事は獣王国のように濃い味付けではなく、瑠璃も馴染みのある魚や海藻などからとった出汁《だし》をメインに使ったあっさりめの味付け。

瑠璃には竜王国の食事以上に口に合ったが、濃い味付けの食事が多い獣王国の二人には少し物足りないのではないかと思った。

だが、よくよく見てみると、セレスティンとアルマンの料理は瑠璃の物より濃い色をしている。

恐らく二人に合わせた味にしているのだろう。

まるで懐石料理《かいせきりょうり》のような食事を堪能《たんのう》しながら話し合うが、内容はほぼ世間話だ。

政治のことなどまったく分からない瑠璃にもついていける話題ばかりだった。

王達が一番食いついたのはジェイドが自信満々にしていた、船の魔法具だった。

これまでにないスピードを出せる船は、海軍を持つアウェインとアデュラリアからの受けが良かった。

そして、それを見計らったようにジェイドが例のことについて話し始めた。

「現在竜王国にはルリとルリの家族を含んだ三人の愛し子がいる状態だった。それで帝国の貴族が色々と言ってきていたが、それを知ったルリの祖父が迷惑をかけまいと旅に出てしまった。最高位精霊の地の精霊を連れて」

ジェイドがアデュラリアに厳しい視線を向けると、アデュラリアは頭を押さえ、深い溜息を吐いた。

「なんてことだ」

その声には苦悩が感じられ、瑠璃は思わず助け船を出す。

「あっ、あんまり気にしないでください。おじいちゃんは元々一つの所にじっとしているタイプじゃないので」

「いや、こちらの責任は大きい。貴族の馬鹿共には厳しく叱責したのだが、少し遅かったようだ」

「これにより、我が国は愛し子を一人失った。いくら愛し子を縛ることはできないとは言え、帝国貴族がことの発端なのは明らかだ」

「そうだな。だが、私も頭が痛いのだよ。予想以上に馬鹿が多くてな。これでも抑えた方なのだ」

「そこでだ。その馬鹿共に船の交渉をさせてくれ」

ジェイドの提案に、アデュラリアは目を丸くする。

「なんでまた？」

「魔法具の船だ。それなりに希少《きしょう》で価値があることは理解してもらいたい。そう簡単に渡せるものではない」

アデュラリアはこくりと頷く。

最初は不思議そうにしていたアデュラリアだが、すぐに何か察したようで、不敵な笑みを浮かべた。

「ふむ、なるほど。船を餌に貴族を黙らせるか。よかろう。これは国の威信をかけた取引だ。なにがなんでも竜王国との船の取引を成功させるようにプレッシャーをかけておこう」

「話が早くて助かる」

ジェイドとアデュラリアは互いにニヤリとした笑みを浮かべる。

話がまとまったところで、アウェインが口を挟む。

「だが、出ていったその愛し子は大丈夫なのか？　人間なのであろう？　何かあっては大変だ。護衛は付けていた方が良いのではないか？」

「……それが、アンダルが一緒にいるようだ」

ジェイドはチラリとアルマンを見る。アンダルはクラウスの父であるとともに、獣王アルマンの父でもある。

そのせいか、苦虫をかみつぶしたような顔のアルマンがいた。

「あのくそじじいも一緒なのかよ」

「まあ、なんだ。だからというか、心配は必要ないだろう。旅慣れているアンダルがいるのだし。それに地の精霊もいるから」

「なるほど。アンダルが一緒なら問題ないか」

アルマンと違い、アウェインは納得したようだ。

食事が終わり、後はデザートかなと瑠璃が楽しみにしていると、アルマンがセレスティンに視線を向ける。

「セレスティン」

そして、アウェインも「ラピス」と名を呼ぶ。

二人は心得たとばかりに何も聞かず席を立った。

不思議そうにしている瑠璃にジェイドが告げる。

「ルリ、アウェインが別室に食後のお茶を用意してくれているようだ。セレスティン達と行ってく

ると いい」

瑠璃はすぐに察した。

これから国のトップ達の込み入った話が始まるんだと。

つまり、政治に口を出せない愛し子はここで退出してほしいということだ。

「分かりました」

瑠璃も他の愛し子に倣《なら》って席を立ち、二人の後についていく。

その背に向かってジェイドの地を這《は》うような声が掛けられた。

「ラピス。ルリに手を出したら……分かっているな」

「ひゃい！」

ラピスは怯えたように何度も頷いてから急いで部屋を後にした。

瑠璃もまた苦笑を浮かべ後に付いていく。

案内された部屋では、食べきれないほどのお菓子が用意されており、瑠璃達が椅子に座るとお茶が用意される。

見た目は鮮やかなピンク色だというのに緑茶のような味のするお茶は、脳が混乱しそうになる。

しかし、味は美味しく、渋いお茶は甘いお菓子によく合った。

調子に乗ってパクパク食べていると横から「太りますよ」とチクリとセレスティンが言ってくる。

「ぐっ」

確かに最近、ジェイドと執務室にいることが多く、運動していないので肉が付いてきたと気になっていたのだ。

じとっとした眼差しを向ければ、そこにはスタイル抜群のセレスティンが目に入り、瑠璃は持っていたお菓子を静かに皿に戻した。

「あら、気にせず食べたらいいですよ。醜《みにく》い姿となってジェイド様に捨てられればよいのです」

「ジェイド様はそんなことで私を捨てたりしません！」

胸を張って言うと、なにやらセレスティンは瑠璃をじろじろと観察したかと思うとほぉっと息を吐いた。

「ああ……。何故ジェイド様は私ではなく、こんな小娘をお選びになったのでしょうか。理解に苦しみます」

「すっごく失礼ですよ。よく本人の目の前で言えますね」

セレスティンは何故か瑠璃には容赦《ようしゃ》がない。

恋敵《こいがたき》なのもあるのだろうが、同じ愛し子ということで気を許してくれている感じもある。

「ところで、同調はすみましたの？」

「いえ、まだです」

「そう……。まだですか」

じっと意味深に見つめてくるセレスティンに瑠璃は警戒する。

「な、なんですか？」

「いえ、同調する前ならなんとかなるかもしれないと思いまして」

「なりません！」

どこまでもジェイドへの愛が冷めないセレスティンに、怒りを通り越して尊敬すら覚える。

そんな話をしていると、新しくお茶を持って部屋に入ってきた女性を見つけたラピスが、女性の前で膝をつき……。

「一目惚れした。俺の嫁になれ」

などと言っている。

それを呆れた目で見る瑠璃とセレスティン。

「あれと同じ愛し子だと思うと頭が痛くなりますね」

「あれは病気です。不治《ふじ》の病《やまい》なので竜の血をもってしても治すのは不可能でしょう。放置が一番です」

「セレスティンさんも、一度ラピスの餌食《えじき》になったんですか？」

「ええ、初めてお会いした時に。すぐに私の全てはジェイド様のものだとお断りしましたよ」

「セレスティンさんも、しつこいですね」

「ええ、当然です。万が一ということもありますからね」

にっこりと微笑んだセレスティンに、諦めるという文字は見つけられなかった。

第10話　浮気発覚？

愛し子同士でお茶を楽しんでいたら、四カ国のトップが続々と入ってきて加わった。

どうやら王同士の話は終わったようだ。

当然のように瑠璃の隣に座り、瑠璃の口に一口サイズのお菓子を食べさせようと持ってくるジェイドに、セレスティンの目が据わった。

恨《うら》めしそうな目を見なかったことにして、瑠璃は竜族が番いに行う給餌《きゅうじ》行動を受け入れる。

「ジェイド、この後には夕食を用意している。あまり食べさせすぎるなよ」

そんなアウェインの忠告を聞いているのかいないのか、ジェイドは甲斐《かい》甲斐《がい》しく瑠璃の口に食べ物を持ってくる。

ジェイドに呆れて忠告を諦めて、アウェインは瑠璃へ声を掛ける。

「明日、王と愛し子を歓迎してパーティーを開く。その時の服装だが、良ければこちらの衣装を用意するがどうする？」

「それって、城で働いている女性達が着ているような服ですか？」

「あれはあくまで使用人のものだ。パーティーなどで着る正装はもっと華やかなものを用意する。

きっとルリにも似合うだろう」

霊王国の女性の衣装は前で布を合わせて帯で締める着物のようなもので、まるで天女が着るような服と言えばいいだろうか。和と中華を合わせたような雰囲気だ。

ヒラヒラとした柔らかな生地が使われており、瑠璃の好奇心を誘う。

「わあ、着たいです。セレスティンさんも着ますよね？」

「えっ、私もですか？」

予想外というように目を丸くするセレスティンに、瑠璃は期待に満ちた目を向ける。

「そうですね、どうしましょうか……」

迷いを見せるセレスティンに、ジェイドが一言。

「セレスティンならば綺麗に着こなせると思うぞ」

「では、そういたします！」

まさに鶴《つる》の一声。

ジェイドにそう言われてセレスティンが否やを言うはずがなかった。

ジェイドもそれを分かった上で言っているのか、満足そうに笑みを浮かべる。

「セレスティンが我が国の服を着るというのは初めてではないか？　早速用意させよう。二人の愛し子が我が国の衣装を着てくれれば他の者も喜ぶだろう」

「楽しみにしてます！」

そうして話も終わり、夕食まで一旦《いったん》各々の部屋へと戻ろうとしたのだが、部屋の外に待機していた兵士が中に入ってきた。

「お集まり中のところ失礼いたします。筆頭貴族モルガ家のスピネル様が竜王陛下にご面会を望んでおられますが、いかがなさいますか？」

兵士の言葉を聞いたアウェインはジェイドに視線を向ける。

「ジェイド、知り合いだったか？」

「いや。スピネルとは誰だ？」

ジェイドは誰だか分からない様子。

「霊王国の貴族達を取りまとめている筆頭貴族で、霊王国を古くから支えてきたモルガ家という貴族がいる。スピネルはその家の娘だ。ジェイドとは知り合いではないのか？　まあ、確か体が弱いようで社交の場に出てくることはほとんどなかったから当然か。私も朧気《おぼろげ》にしか顔を覚えていないほどだ。しかし、では何故ジェイドに面会など……」

「分からないな。とりあえず会ってみるか。ここに入れても？」

ジェイドが許可を得ようと皇帝や獣王、瑠璃達愛し子に視線を向ければ、了承するようにそれぞれが一つ頷いた。

四カ国のトップが集まる歓談を中断させてまで面会を求めてくるのだ。

それ相応の理由があるのだろうと誰もが考え、それが何なのかと好奇心に負けたようだ。

皆が了承したのを見て、霊王はスピネルを部屋へ入れるように兵士に告げる。

すぐに入ってきたスピネルは瑠璃やセレスティンより少し年下と思われる少女で、緩くウエーブした髪をハーフアップにした、まるで綿あめのような柔らかさと甘さを含んだ可愛らしい少女だった。

垂れ目気味の目が庇護欲を掻き立てる。

スピネルは、四カ国のトップ達を前にして、両膝をつくと胸の前で両手を組んで頭を下げる。

これが霊王国での最上位の礼の仕方だ。

その礼はまるで流れるように優雅で、筆頭貴族の娘というのも頷ける所作《しょさ》だった。

「モルガ家の娘、スピネルでございます。ご歓談中のところ失礼いたしました」

「その通りだ。王と愛し子達が許したからいいものを、お前のしていることがいかに無礼なことか分かっているな?」

「はい。申し訳ありません……」

静かに叱責するアウェインは、子供ならギャン泣きするような鋭い目つきでスピネルを見る。

しかし、そんなアウェインを前にしたスピネルは怯えることはなく、しゅんと落ち込んだ表情を浮かべる。

その様子は同性である瑠璃ですら庇護欲をそそられるもので、可哀想に思ったのかアルマンが仲裁する。

「まあ、いいじゃねえか。年寄りがこんな子供を怖がらせるもんじゃねぇぞ」

「アルマン、私を年寄り扱いするな」

「実際に、ここにいる誰より生きてるだろうが。俺の親父《おやじ》より年上のくせに何言ってやがる」

アルマンの横ではアデュラリアがうんうんと頷いていた。

アウェインが言葉を失っている間に、逸《そ》れていた話をジェイドが戻す。

「それより、なに用で私に会いに来たのだ？」

ジェイドが声を掛けると、スピネルはぱあっと花が咲いたように表情を明るくした。

そして、ジェイドを見つめ頬を染める。

「なんの用事かなどと冷たいお言葉。決まっているではありませんか。ジェイド様にお会いしに来たのです」

スピネルの言葉は、まるでジェイドを知っているかのよう。

いや、もちろん、霊王国に住んでいて同盟国の竜王を知らぬはずがないが、ただ知っているというだけでなく、それ以上の関係を感じさせる。

だが、ジェイドは知らないと言うし、この食い違いを誰もが不思議に思い始めた。

「私、やっと成人いたしましたの」

「そうか」

だから何？　と言いたげなジェイドは、根気よく言葉を待った。

ジェイドにとったら初対面の他人の成人など関係があるはずがない。

しかし、次に続いた言葉に、ジェイドだけでない周りの者達も目を丸くする。

「私が成人したら結婚してくれるというお約束でしたでしょう？　ようやく成人したので、これでジェイド様の妻になれます。いつ迎えに来てくださるかと今か今かと待っていたら、ジェイド様が城にいると聞いて急いで登城しましたのよ」

誰もが言葉を発しない中、瑠璃はじとっとした眼差しを向ける。

「ジェイド様……」

「ま、待て、違う！　そんな約束をした覚えはない！」

瑠璃からの軽蔑《けいべつ》の眼差しを感じ取ったのだろう。

ジェイドは必死で否定するが、追い打ちを掛けるようにスピネルが言葉を重ねる。

「ずっとお待ちしていました。ジェイド様の姿絵を毎夜見ては声を掛けておりましたの。もう婚姻のための衣装も用意しておりますのよ」

スピネルはとても嘘を言っているようには見えなかった。

それ故に、四方から疑惑の目が向けられる。

「待て！　私の妻はルリだけだ。そもそも会ったこともないのにっ」

「本当ですか？」

「本当だ！」

疑う瑠璃を逃がすまいとぎゅっと手を握る。

「例えばですよ。まだ子供だった彼女に、子供だからと安易な口約束をしたことは？」

「そんな覚えはない！」

必死なジェイドを面白そうに見ていたアデュラリアがスピネルに問う。

「本当にジェイドと約束したのか？」

「はい、本当です」

「いつそう言われた？」

「子供の頃に、私が成人したら迎えに来ると」

再び視線がジェイドに集まる。

「ち、違う！」

慌てふためくジェイドに疑惑の目が向けられる中、セレスティンが立ち上がった。

「あなた、スピネルと言ったかしら？」

「はい。あなたは？」

「私は獣王国の愛し子です」

セレスティンは名前を名乗らなかった。

そもそも呼ばせる気がないからだろう。

「ジェイド様には、もう私というものがいるのです。子供のおままごとか知りませんが、諦めてお家へ帰りなさいな」

「いやいや、お前も違うだろ！」

アルマンのツッコミもセレスティンは意に介さない。

「あなたがジェイド様の伴侶となることは絶対にありません」

そう言うと、スピネルはムッとしたような表情をする。

「あなたにそんなことを言われる筋合いはありません！」

そしてハッとしたような顔をした後、憐れみを含んだ眼差しをセレスティンに向ける。

「ああ……。あなたはジェイド様に遊ばれてしまわれたのね。だってジェイド様には私という者がいるんですもの。きっと私の成人を待ちきれなくて代わりの者で私のいない穴を埋められたのでしょう。なんて可哀想な方」

「まあ！」

そのスピネルの言葉に驚いたのはなにもセレスティンだけではない。

きっとスピネル以外の全員が驚いただろう。

愛し子を相手にそんな言葉をぶつけたのだから。

しかも、何気《なにげ》にジェイドに対しても無礼だ。

これに青ざめたのはアウェインだったに違いない。自国の者がそんな言葉を愛し子と他国の王に向けたのだから。

「スピネル！」

反射的にスピネルを怒鳴りつけるアウェイン。

スピネルは意味が分かっていないようできょとんとしている。

「はい。なんでございましょうか？」

「今の言葉は愛し子に対してもジェイドに対しても無礼極まりない。すぐに謝罪をしなさい」

「えっ？」

「それに、ジェイドにはすでに婚姻の儀をあげた伴侶がいる。お前がジェイドの伴侶になることはありえない」

「何をおっしゃっているのですか？　ジェイド様の伴侶は私です」

「ジェイド……」

アウェインはジェイドへと視線を向ける。

理解しないスピネルにはジェイドからしっかりと分からせるのが良いと言っているのだろう。

ジェイドは瑠璃の手を取ってスピネルの前に立った。

スピネルは嬉しそうにジェイドへと手を伸ばすが、その手がジェイドに辿り着く前にジェイドは瑠璃を抱き寄せた。

ジェイドを見て瑠璃を見て、またジェイドを見る。困惑した表情を浮かべるスピネルに、ジェイドは言い放った。

「私の生涯の伴侶はここにいるルリだけだ。なにか行き違いがあったようだが、私がそなたを伴侶に迎えることはない」

目を大きく見開くスピネルは手で口を押さえ、「嘘、嘘……」と呟く。

よほど信じられないようだ。

「分かったならもう行くんだ。今回のことはモルガ家当主に話をしておく」

アウェインは控えていた兵士に目で合図をすると、彼らはすぐに動いてスピネルを外に連れ出した。

途端に緊張が緩んだ空気が流れる。

「すまない、ジェイド、ルリ。それにセレスティンも」

アウェインは霊王として自国の貴族の無礼を詫《わ》びる。

「私のことはいいが、愛し子と知りながらセレスティンにあの態度は危険だと思うが」

「そうだな。さすがに今のは私でも肝《きも》が冷えた。セレスティン、申し訳なかった」

再度アウェインがセレスティンに謝るが、セレスティンはアウェインには怒っていない。

「アウェイン様が謝る必要はありません。あのような言い方をされたことがないものですから、怒るというより驚きました」

それは他の者も同じだろう。

「社交の場に顔を出さないので世間知らずなのかもしれない。一応モルガ家には抗議しておく」

「そうしてください」

モルガ家への抗議ということでその話は終わったのだが、もう一つの問題をアルマンが引っ張り出す。

「それにしても、ジェイドもやるなぁ。あんな娘にまで手を出していたとは」

ニヤリと笑うアルマンは、完全に面白がっている。

「出してない！　そんな記憶などないのだから」

「だが、あの娘が子供の時なのだろう？　昔のことでお前が忘れただけじゃないのか？　可哀想に。健気《けなげ》にお前が迎えに来るのを待っていたってさ。どうするよ、ルリ？」

話を振られた瑠璃は両手で顔を覆った。

「ジェイド様がまさか浮気をしてたなんてっ！　いえ、私の方が後なので私が浮気ですか⁉」

「待て！　そんなことはない！」

「結婚を約束したのに忘れるなんて不義理なことをジェイド様がしていたなんてぇ！」

瑠璃の肩が小さく震える。

「だから、違うと言っているだろう⁉　私にはルリだけだ！」

あたふたするジェイドを、指の隙間《すきま》から覗き込む。

あまりにも動揺しているジェイドに、瑠璃は思わず小さく噴き出してしまった。

それを聞いて、ジェイドの顔が不機嫌そうに変わる。

「ルリ……」

瑠璃は観念して両手を離すとそこには涙一つなく、クスクスと笑う。

「こんなことでからかうのは性格が悪いぞ」

「だって、あまりにもジェイド様が動揺してるから、楽しくなっちゃって。……それで、本当に覚えはないんですか？」

ジェイドも今度は冷静になって考え込んだ後、やはり「ない」と言って首を横に振った。

「じゃあ、どうしてあんな話になったんでしょうね？」

「あの娘の勘違いではないのか。私には子供にそんなことを言った記憶はないし、言うような性格に見えるか？」

「まあ、正直見えませんよね。獣王様やラピスならともかく」

そう言いながら瑠璃はチラリとアルマンとラピスを見る。

「おい、それはどういうことだ、ルリ？」

「ご自分がよくお分かりでしょうに。日頃の行いですよ、アルマン様」

自分の名前が出てアルマンが反応したが、すげなくセレスティンに言い負かされている。

「俺なら成人後と言わずすぐに嫁にする！」

なんの自慢か分からないラピスの主張を全員が黙殺した。

「明日の歓迎パーティーではモルガ家も出席することになっているから、念のため気を付けておいた方がよさそうだな。あれで納得していたのならいいんだが……」

「霊王様、そういうのを、私の生まれ育った国ではフラグって言うんですよ」

一抹《いちまつ》の不安を覚える瑠璃だった。

そしてそれは現実のものとなる。

第11話 歓迎パーティー前のひと騒動

翌日の歓迎パーティー当日、瑠璃はのんびり起きて朝食を取った。

その横にジェイドの姿はなく、精霊によると瑠璃が起きる前に部屋を出ていったようだ。

どうやら四カ国のトップ同士で朝食を取るためらしい。

起こしてくれれば良かったのにと思ったが、瑠璃の前ではできない政治の話をするのだろうと察する。

食事を運んできた霊王国の人に聞くと、歓迎パーティーは夕方から行われるので、それまで自由にしてくれていいと言われた。

自由にと言われると途端にどうしていいか分からなくなる。

さすがに外に出掛けるわけにはいかないだろう。

とりあえず部屋で過ごしていたが、すぐに手持ち無沙汰《ぶさた》になり、ふと外を見るとなんとも気持ちよさそうな青い空が広がる。

「日なたぼっことしいきますか」

『さんせーい』

『わーい』

『僕も行くー』

喜ぶ精霊達を連れて部屋の外に出ると、そこには扉を護るようにユアンが立っていた。

「あれ、ユアンいたの？」

「当たり前だ。お前を護衛しなければならないからな」

「ありがとう」

他にもいる竜族の護衛にもお礼を言う。

「どこか行くのか？」

「うん。外が気持ちよさそうだから日なたぼっこしに」

「なら一緒に行く」

そう言ってから少し沈黙した後、ユアンは他にもいた霊王国の兵士に何かを話していた。

その兵士が離れていったのを確認してから、瑠璃に近付いてくる。

「どうかした？」

「どうせなら昼食も外で取れるように頼んだんだ」

「おお！　さすがユアンってば気が利くわね」

「ふふん、当然だ」

ユアンは得意げに胸を張る。

コタロウにリンに精霊。そしてユアンを引き連れて中庭に行く。

自然のありのままのような庭だが、決して草がぼうぼうの荒れたものではなく、きちんと手入れをされている。

洗練されてはないが、とても自然体の穏やかな気持ちでいられる。

どこか、森に住むチェルシーの家が思い起こされた。

大きな木の下の木陰で横たわったコタロウに寄りかかり、リンや精霊とまったりしていると、向こうの方から複数の女性が歩いてくる。

ユアンが警戒心を露《あら》わにする中、瑠璃はのほほんとしていると、その女性の中に昨日のスピネルの姿を発見した。

できればあまり話したくない相手だったが、向こうは瑠璃の気持ちなど知るよしもなく、真っ直ぐ向かってくる。

そして、コタロウをベッドに、横になる瑠璃の前までやってきた。

そうなると、さすがに寝ているわけにもいかず身を起こす。

「なにか？」

「お願いします。ジェイド様と別れてください」

一瞬、何を言われているのか分からなかった。

複数の女性を引き連れて何を言うのかと思えばよりによって別れろなどと。

セレスティンならば激昂《げっこう》しているところだが、瑠璃は怒りより呆れの方が上回った。

「嫌よ」

「えっ……」

驚いた顔をされたことに瑠璃が驚いた。

「いや、別れてくださいって言われて別れるまぬけいないでしょう」

周りでユアンや精霊達がうんうんと頷いている。

その反応を見て、瑠璃は自分が正常であることに安堵した。

スピネルは目を潤《うる》ませて両手を握り締め、華奢《きゃしゃ》な肩をさらに小さくする。

その弱々しい姿は男性なら守りたいと思うかもしれない。

だが、瑠璃に通用するはずもなく、また、精霊達どころかユアンにも通じない。

一様に、冷めた眼差しを向けている。

だが、その一方で、スピネルが連れて来た女性達は彼女を守るように囲む。

これではまるで瑠璃が虐《いじ》めているようではないか。

「ジェイド様は私を迎えに来てくださると言ったのです。あなたがジェイド様の伴侶などとは何かの間違いです。ジェイド様を返してください」

これにはさすがの瑠璃もムカッときた。

「ジェイド様は物じゃないわ。返してくださいって何？　いつあなたの物になったのよ」

「私……そんなつもりじゃ……」

わっと泣き出すスピネルに、周りの女性達が慰めの言葉を次々掛けていく。

「大丈夫ですか、スピネル様？」

「なんて酷いんでしょう」

「スピネル様のお気持ちを考えられないんでしょうか」

「泣かないでくださいまし、スピネル様」

いったいなんの茶番を見せられているんだと、瑠璃は遠くを見つめた。

そして、振り返ったユアンと目が合うと、互いに頷き合う。

よし、逃げよう。

瑠璃はユアンと以心伝心《いしんでんしん》、さっと立ち上がるとゆっくりと離れようとした。

しかし、すぐに気付かれる。

「ちょっと、どこに行こうというのですか⁉」

「スピネル様を泣かせておいてなんて冷たい方なんでしょう！」

瑠璃に対し怒りをぶつける女性達に、瑠璃はあれ？　と思う。

霊王国は基本的に精霊信仰の篤《あつ》いお国柄だ。

獣王国とは少し違うが、精霊を信仰しているので、精霊に愛される愛し子への扱いもそれは丁寧《ていねい》だ。

城内でも、王であるジェイドよりも手厚くしてもらっている。

それだというのに、この女性達から愛し子への尊敬の念や敬愛は感じない。

どういうことだと考えていると、先にユアンがキレた。

「貴様らどういうつもりだ。この方は我が竜王国の愛し子。その愛し子に対してどれだけの無礼を働いているか分かっているのか⁉」

お前が言うなと瑠璃は思ったが、口にはしなかった。

なにせ当初ブラコンをこじらせて散々瑠璃に無礼を働いたユアンである。説得力は皆無《かいむ》だったが、それを彼女達が知るはずもなく、瑠璃は無言を貫《つらぬ》いた。

空気は読めるのである。

一瞬怯《ひる》んだ女性達は、すぐに強気に言い返してくる。

「愛し子だからなんだというのです！」

「スピネル様は筆頭貴族のご令嬢ですよ！」

どう考えても一国の貴族より愛し子の方が偉いのだが、彼女達はまるでスピネルの方が偉いかのような言い草。

「だからなんだ！　筆頭貴族如《ごと》きで愛し子への無礼が許されるとでも思うな。このことは霊王に抗議させてもらう！　それ相応の処罰は覚悟することだな」

「処罰って……」

霊王の名前を出して初めて彼女達は怯えを見せた。

そして、助けを求めるようにスピネルに視線を向けると、スピネルが前に出てくる。

「彼女達を虐めるのは止めてください。愛し子がそんなに偉いと言うのですか⁉」

これにはぽかんとするユアン。

瑠璃も呆気《あっけ》にとられたが、瑠璃にはこういう輩《やから》に耐性があった。

そう、あさひである。

とんちんかんな主張を繰り返すあさひを知るおかげで、我に返るのも早かった。

「偉いかって言えば偉いわよ。それこそ一国の王を跪《ひざまず》かせることができるぐらいにはね。それなのにあなた達の態度は何？　霊王の顔に泥を塗るような真似をして、本当にあなた達は霊王国の国民なの？　市場で働く人達の方がよっぽど愛し子というものをよく分かってるわ」

「私達は貴族です。町で働くような庶民と一緒にするなど無礼ではありませんか！」

まさに言葉も出ない。

そして、瑠璃は気付く。

「……ヤバイかも、ユアン」

「えっ、何がだ？」

瑠璃はチラリとコタロウとリンを見る。

それに釣られて視線を向けたユアンには、怒り心頭のコタロウとリンが見えた。

だが、ユアンに見えたのはコタロウとリンという実体を持つ精霊だけ。

ユアンには見えていない周囲の精霊達は、今まさに飛び付かんばかりに戦闘態勢に入っている。

『やっちゃうー？』

『やっちゃおう』

『やっちゃうべきだよー』

『べきべき』

ユアンには聞こえていないが瑠璃の表情で色々と察したのだろう。

「ヤバイのか？　ヤバイのか？」

「とんでもなく……」

二人してあたふたする間にも、精霊がどこからともなく集まって来るではないか。

それを、目の前の女性達は分かっていない。

見えていないことに、この時になって瑠璃は初めて気付く。

「愛し子なんて、しょせんでまかせでしょう⁉　精霊なんて見たことありませんもの。そんなものに頼って偉そうにするなんて、ジェイド様のこともそうやって脅《おど》しているのではありませんか⁉」

「おい、黙れ！」

焦ったようにユアンが怒鳴るが、それはスピネルの目には図星《ずぼし》を指されたからのように見えたらしい。

「ああ、そんなに動揺するなんて、やっぱり愛し子なんていないんだわ。可哀想なジェイド様。騙されているなんて」

さらに精霊が集まってきて、もう収拾がつかなくなっている。

『ルリを虐める奴は成敗《せいばい》』

『ルリを悪く言う奴には鉄槌《てっつい》』

『ルリを嘘つき呼ばわりする奴は沈める』

「わー、駄目駄目！」

今にも飛びかからんとする精霊達を抑えていると、天の助けがやってくる。

「そこで何をしている」

やって来たのは、霊王国の愛し子であるラピスだ。

「精霊達が怒ってるからどうしたのかと思えば……」

ラピスは、父親譲りの鋭い目つきでスピネル達を睨み付ける。

『こいつルリを虐めたー』

『こいつ精霊なんていないって言ったー』

『愛し子は嘘吐きだってー』

その精霊達の言葉でなんとなく察したラピスは改めて睨み付ける。

「お前達がどう思おうと他国の愛し子への不敬は許されない。馬鹿なお前達のためにもっと分かりやすく言ってやる。彼女は竜妃。竜王の正妃である彼女への無礼は竜王国への叛意《はんい》とみなされる。不敬罪で捕らえられたくなければ、すぐに去れ！」

「……っ」

スピネルは一瞬悔しそうに顔を歪《ゆが》めたが、すぐにラピスに向かって一礼してから去って行った。

ほっと安堵する瑠璃に、ラピスが謝罪する。

「俺の国の者がすまなかった」

「ううん。助けてくれてありがとう。ラピスが来てくれなかったら……」

未だに不満そうな顔をしている精霊達を見て、瑠璃は苦笑を浮かべる。

大惨事一歩手前だった。

「ねぇ、もしかして彼女達は精霊が見えてないの？」

「ああ、恐らくな。霊王国は竜王国と同じで亜人と人間の割合は半々ぐらいだ。さっきの奴らは人間で、魔力はないから精霊も見えていない」

「でも、霊王国の人達は精霊も愛し子も信じてるのに、どうしてあの人達はあんな感じなの？」

「霊王国も一枚岩じゃないってことだ。国民はほとんどが精霊を信じ信仰し愛している。だから愛し子である俺にも、まるで家族のように親しげに接してくれる。だが、中には見えないものを疑う信仰心の薄い者だっているんだ。先程の女達の家やスピネルがそうだ。あそこは親からして精霊を信じていない」

「えっ、それって問題ありじゃないの？　彼女の親って筆頭貴族なんでしょう？　貴族をまとめてる人が精霊も愛し子も信じてないって」

「いや、モルガ家と言っても、モルガ家の当主は問題ないんだ。その正妻と子供も。けれど、スピネルの親である側室は他国から来た人間で、目に見えない精霊を信じていない。そんな母親に過保護なほど可愛がられて育ったから、スピネルも母親の影響を受けて、同じように精霊はいないと信じきっている。さらにそんな環境下で、願えば何でも叶う育てられ方をしたから、世界は自分を中心に回ってると本気で思ってるタイプだ。悪意なくそう思っているのが、なおたちが悪い」

「なるほど」

真正面からジェイドと別れろと言ってきたのも、それまで願えば叶ったからだと考えれば納得がいく。

「それにしても、ずいぶん詳しいのね、ラピスは」

「俺は愛し子だぞ。その気になれば情報はいくらでも手に入れられる。まあ、スピネルに関しては、スピネルの母親が娘をしつこく俺の正妻として嫁がせたがったから、どんな奴か調べたおかげで詳しいんだ」

「ラピスの妻の座を狙うとか、もしかしてかなり野心的な母親？」

ラピスはこくりと頷いた。

「竜王が迎えに来るとかいう話も、その側室が子供のスピネルを洗脳して信じさせたと言われても俺は疑わないぞ」

どうやら霊王国は霊王国で、色々と問題を抱えているようだ。

それからはついでにラピスも加えて昼食を取った後、先程あったことをアウェインに話すと、深々と頭を下げられた。

ラピスが助けてくれたので大丈夫だと告げたが、このままおとがめなしというわけにもいかず、後ほど霊王から処罰を与えることとなった。

とりあえず歓迎パーティーにスピネルは出席させないようにモルガ家当主へと通達がなされた。

おかげで歓迎パーティーは粛々《しゅくしゅく》と行われ、楽しい時間を過ごすことができたのは幸いだった。

第12話　聖獣誘拐事件

瑠璃はコタロウとリンと精霊達だけを連れて、城の裏手にある聖獣が暮らす森に来ていた。

護衛は連れて来ていない。

聖獣の暮らす森は神聖な場所で、決められた者以外はそもそも立ち入り禁止の場所なのだ。

しかし、コタロウが聖獣の体をもらったということで、是非《ぜひ》ともお礼をしたいと瑠璃が言ったため、愛し子の願いならば聞かないわけにはいかないと、アウェインの許可が出た。

本当ならば前回新婚旅行で霊王国へ来た時に訪れるべきだったのだが、その時はすっかり忘れてしまっていた。

帰る時になって思い出し、次に霊王国に来る機会があれば絶対に聖獣に会いに行くと決めていたのだ。

念願叶って森へ行く許可を得た瑠璃は、ご機嫌でコタロウ達を引き連れて森へ向かう。

出掛ける前にジェイドが護衛もなしに行かせるのは……と難色を示したが、そこはコタロウとリンが守ってくれるからとごり押しした。

ジェイドも、最高位精霊という、これ以上にない護衛を出されては反論もできず泣く泣く瑠璃を送り出した。

そうして意気揚々とやって来た森。そこにはモフモフパラダイスがあった。

「大《お》っきなコタロウがたくさんいる」

コタロウよりも一回りも二回りも大きなコタロウがそこかしこにいる。

木陰で寝ていたり、複数でじゃれあったりと、まさにモフモフの天国。

ジェイドも連れてくるべきだったかもしれないと思ったが、ジェイドは猫のような小動物が好きなのであって、同じモフモフでもコタロウのように大きな生き物にはそれほど惹《ひ》かれないらしい。

もったいないと瑠璃は思った。

瑠璃は大きさなど関係なく、モフモフなら大歓迎だ。

飛び付きたい衝動を抑えてゆっくりと近付く。

アウェインによると聖獣は知能が高く、人の言葉をちゃんと理解できるほどに賢いのだという。

そこらの獣とは違うようだ。

なので、瑠璃も動物に対するというよりは、対等な存在としてきちんと礼を尽くす。

「はじめまして。瑠璃です！」

お辞儀《じぎ》をすると、周辺にいた聖獣が瑠璃に注目してぞろぞろと集まってきた。

大人しい生き物だと聞いてはいたが、あまりの迫力に後ずさりしそうになるのをグッとこらえた。

集まってきた聖獣の中で、一際《ひときわ》大きな聖獣が瑠璃の前でお座りをし、瑠璃の手に鼻を押し付けた。

スンスンと匂いを嗅《か》いだかと思うと、突然空に向けて咆哮《ほうこう》する。それにつられるように他の聖獣も遠吠えをする。

「えっ、えっ？」

何が起こったか分からない瑠璃は戸惑うが、コタロウが横に来て説明する。

『ルリを歓迎すると言っている』

自分が何かやらかしたわけではないと知ってほっとする瑠璃は、鳴き声が止んだところで聖獣達にお礼を言う。

「コタロウに体を譲ってくれてありがとうございます。まだ子供だったのに……。大切にするから安心してください」

一番大きな聖獣は、瑠璃の目をじっと見つめたかと思うと、鼻先を瑠璃に擦《す》り付ける。

甘えるようなその仕草に、瑠璃は恐る恐るその聖獣の頭を撫でた。

コタロウよりも若干しっかりとした毛の質をしており、その毛量は手が埋まりそうなほど。

「もふもふ……」

自然と表情が緩む。

『どうやら、ルリは認められたようね』

『う、うむ……』

コタロウは自分以外をモフモフして喜ぶ瑠璃の姿がなんとなく気に食わない様子。

瑠璃はそれに気付いていなかったが、リンは小さく笑っていた。

それからは代わる代わる聖獣が瑠璃に挨拶代わりに鼻先を擦り付けていく。

その度に頭を撫でる瑠璃は、あることに気が付く。

「皆コタロウより大きくて、小さな子はいないのね?」

『いや、どうやら最近産まれた赤子《あかご》がいるらしいが、森のどこかで遊んでいるようだ』

「赤ちゃんを放っておいて大丈夫なの？」

『赤子と言っても野生の生き物だ。人間の子のように歩くのに大人の手を必要とするわけでもない。それにこの森には聖獣を捕食するような天敵となる生き物はいない。自由に動き回っていても危険はないだろう。どうやら樹のが目を行き渡らせているようだ。以前来た時はそんなことなかったのだが、何かあったようだな』

「何かって？」

『そもそも我のこの体は子供だ。なのに死んだ。天敵のいないはずのこの森でだ。きっとその辺りのことで問題が起きたのだろう。だが、それは我には関係のないことだ』

「まあ、確かにそうだけど……」

精霊達の、このドライさは未だに付いていけない時がある。

瑠璃のことになると過保護なほどに守ろうとするくせに、他のことになったら途端に冷たいほどに興味をなくす。

それが精霊であり、そんな精霊に興味を抱かせるのが愛し子だ。

そう考えると、愛し子というのはかなり特異な体質だと思う。

帝国の貴族というのが、愛し子を欲しがるのも無理はないのかもしれないが、幸いなことに帝国の貴族とは鉢合わせしていない。

どうやら、ずっと姿が見えないフィンとクラウスが裏で色々と動いているようだ。

全てが終わったらお礼を言わなければなと思いながら、つかの間の時間を過ごした。

🐾🐾🐾🐾

翌朝、朝食を終えて城内をジェイドや精霊達と散歩していると、なにやら兵士が慌《あわ》ただしく行き交っており騒々しい。

「なんでしょうね？」

「何かあったのか？」

不思議に思いつつ歩いていると、アウェインとラピスの姿を見つけた。

アウェインは怒鳴るように兵士に指示を出している。

「念のため城外も探すんだ！　森ももう一度くまなく探せ！　もしかしたらどこかの穴の中にいるかもしれない。ラピスの方はどうだ？」

「今、探してもらってる。けどまだ見つかってない」

険《けわ》しい顔をするアウェインとラピス。

並んで同じような表情をしていると、二人が親子であることがよく分かる。

だが、それは今は置いておいて、どうやら問題が起こったらしい。

ジェイドと共にアウェインに声を掛ける。

「アウェイン、どうかしたのか？」

ジェイドに気付いた兵士が道をあける。

「ああ、ジェイドか。いや、少しな……」

曖昧《あいまい》に誤魔化《ごまか》すアウェインは、瑠璃の隣にいるコタロウに気付くとじっと見つめる。

そして、コタロウの前に膝をつく。

「風の精霊殿、どうか手を貸してはいただけないだろうか？」

『我が手を貸す理由はない』

素《そ》っ気《け》なく断るコタロウに、アウェインは残念そうにしながらもそれ以上言葉を重ねることはなかった。

精霊は興味のないことには何を言っても無駄だと分かっているのだろう。

しかし、困っていそうなアウェインを見て、瑠璃が知らぬふりをするはずがなく……。

「霊王様、何があったんですか？　コタロウで力になれること？」

アウェインは迷っている様子だったが、瑠璃を見て、コタロウを見てから、重い口を開いた。

「実は、聖獣の子供の姿が見当たらないのだ。それで聖獣達が騒いでいてな」

「えっ、大変じゃないですか！　あっ、それでコタロウに探してもらおうと？」

「その通りだ」

瑠璃はコタロウに視線を向けた。

「コタロウ」

懇願するような瑠璃の眼差し。

瑠璃ならばその選択をするだろうなと悟った眼差しで、しかしコタロウはすぐには了承しなかった。

『樹のはどうした？　あそこにはあれの力の気配があった。樹のならばわざわざ我に探させなくとも分かるのではないのか？』

「それが、樹の精霊にも分からないようなのだ」

『なんだと？』

その時、どこからともなく声が降ってきた。

『風の、私からも頼もう。聖獣の子を探してくれ』

周囲から「樹の精霊様だ」という声が聞こえてくる。

『お前では分からないのか？』

『分からない。聖獣は決して森からは出ない。つまり、どうやったのか、私の目を掻《か》い潜《くぐ》って聖獣をさらった者がいるようだ』

『樹のの目を掻い潜るなど不可能に近いぞ』

『分かっておる。だが、現に聖獣はもう森にはいない。探すには風の力が必要だ』

『……仕方ない』

溜息を吐くようにコタロウが了承した。

『助かる』

その言葉を最後に、樹の精霊の声は聞こえなくなった。

そして、コタロウを中心に風が巻き起こり、周囲へ霧散《むさん》する。

『範囲が広い。少し時間が掛かる』

「感謝いたします」

アウェインはコタロウに最上位の礼をした。

「それにしても、いつから聖獣の子はいなくなったんですか？」

昨日瑠璃が森に行った時には見ていないのでなんとも言えない。

「気が付いたのは今朝のようだ。聖獣達も、森は安全だからと子供を好きにさせていたようだが、今朝世話係の者が食事を持っていったが姿を現さなかった。それで樹の精霊に場所を探してもらったが分からずじまいでな」

仲間意識が高い他の聖獣も騒いでいて、抑えるのに大変だとアウェインは疲れたように息を吐く。

そんな時。

「私、昨日竜王国の愛し子が森へ行くのを見ましたわ」

突然の声の発生源は、いつからいたのか分からないスピネルだ。

どうやら瑠璃達の話を聞いていたようだ。

「森は一部の者以外立ち入り禁止の場所です。ならば子を誘拐する機会があったのは愛し子だけではありませんか？」

　スピネルの言葉に動揺が走る。

「だって、部外者で森に入ったのは竜王国の愛し子だけですもの。それに愛し子はすでに聖獣を側に侍らせています。他にもまた欲しかったのではないですか？」

　このままでは犯人にされかねないと思った瑠璃は慌てて否定する。

「昨日、私が行った時には聖獣の子供とは会ってないわ」

「そんなこと、なんとでも言えます。だって、森には他に護衛を連れて行かなかったのでしょう？誰も見てないんですから」

「精霊が一緒よ」

「精霊なんて、目に見えないものなんて証人になりませんわ」

「それはあなたが見えないだけで、ちゃんと側にいたわ」

　精霊を認めようとしないスピネルに、段々瑠璃は苛立ってきた。

「精霊なんて……」

「それまでだ！」

　まだ言い募ろうとするスピネルの言葉をアウェインが遮《さえぎ》った。

　もし、あのまま続けさせていたら、スピネルは取り返しの付かないことを口にしていたかもしれない。

アウェインに助けられたことにも気付かず、スピネルは眉を寄せて不機嫌そうにしている。

最初は礼儀のちゃんとしたご令嬢だなと思っていたが、とんでもない地雷娘だ。

瑠璃を犯人扱いするスピネルに、コタロウを始めとした精霊達が今にも怒りを爆発させようとしている。

どうやらこの場にいる者の中でそれが見えていないのはスピネルだけのようで、周囲の兵士などは顔面蒼白《そうはく》になっている。

「スピネルは自分の言葉に気を付けろ。彼女は愛し子であり、竜王国の竜妃だ」

さすがに肉体を持つコタロウの姿は見えているはずなのだが、スピネルには目に入っていないのか。

そして、目に見えるコタロウという精霊が目の前にいて、それでも精霊を否定するのは、霊王国の筆頭貴族の娘としてかなりの問題発言であることに気付いているのか。

スピネルの様子を見ると分かっていないかもしれない。

自分の何が悪くて霊王に叱られたか理解できていないように見える。

「精霊達に問いたい。ルリは聖獣の子をさらったか？」

『それはありえない』

『ええ、ないわね。私達が証言するわ』

コタロウとリンに続いて、他の精霊も口々に証言する。
『ルリはそんなことしてないよー』
『そうだそうだ』
『ルリは悪いことなんてしてないー』
「ということだ。他の者も馬鹿な発言に惑《まど》わされぬように」
アウェインはわざわざコタロウとリンの口から瑠璃が犯人でないことを証言させた。
精霊は嘘をつかない。
たとえ、愛し子のためだとしてもだ。
それを分かっているスピネル以外の者は納得し、それぞれの仕事に向かっていった。
そして、それに紛《まぎ》れるようにしてスピネルはいつの間にか姿を消していた。
その後大変だったのは瑠璃だ。
『あいつむかつく～』
『再起不能にしちゃう？』
『二度とルリに近付けないようにしちゃおうよ～』
「駄目駄目、駄目だからね」
『え～』
精霊達は何故止めるのかといっせいに不満の声を上げる。

ここはコタロウとリンに助けを求めようとしたが……。

『ルリ、やってしまおう』

『そうそう。ひと思いにぐしゃっと』

そう、真剣な顔で言う二精霊に、瑠璃はがっくりとした。

「申し訳ない。あれは私の国の者。できれば我が国で解決させてもらいたい」

相手は最高位精霊。

アウェインは下手《したて》に出つつ、最悪の事態は回避しようと必死だ。

『けど、ムカつくわ、あの女』

『同感だ』

リンはコタロウの周りをクルクルと周りながら不満そうにしている。

『精霊を信じていないのは仕方ないけれど、それを理由にルリに喧嘩売るって馬鹿なの？　この国にだって愛し子がいるでしょうに。ちゃんと教育してるのかしら？』

「返す言葉もない」

アウェインが申し訳なさそうにするが、ラピスの話によれば、悪いのはモルガ家の教育方針のせいだろう。

「モルガ家には再度警告をしておく」

『それで改善するとは思えないけどね。まっ、またルリが犯人扱いされるのは癪《しゃく》だから私達も犯人捜し手伝ってあげる』

『頑張るー』

『やるぞー』

『おー』

盛り上がる精霊達を見たジェイドはものすごく不安そうな顔をした。

「ルリ、ストッパー役を頼んだ」

「止められる自信がないんですけど、頑張ります……」

このままだと精霊の暴走で霊王国に迷惑をかけかねないと思った瑠璃は、自信なさげに捜査に加わることにした。

第13話　犯人扱い

いなくなった聖獣の子供の捜索を始めた瑠璃と精霊達。

だが、数日経っても聖獣の居場所は見つけられなかった。

コタロウはそのことに苛立ちが隠せないようで、尻尾を荒々しくビタンビタンと床に叩き付けている。

リンにもこれは想定外だったようだ。

『コタロウでも探せないなんて、精霊殺しを使っているか、光の精霊の力を使うしかないんだけどね～』

「光の精霊？」

『光の精霊の張る結界はどの精霊が張る結界よりも頑丈で、結界内の者を外界から隔絶させる力があるの。その気になれば今回のように樹の監視下から気付かれずに聖獣を連れ去ることも可能だけど……』

「光の精霊は竜王国でお留守番してるよね？」

瑠璃はちゃんと竜王国の港で光の精霊の姿を確認している。

『うむ。我も光ののことが過《よぎ》ったから確認したが、ちゃんと竜王国にいるし、聖獣のことなど知らんと返事があった』

精霊同士は独自の伝達方法を持っているので、離れていても連絡が取れる。

こういう時は便利な力だ。

「じゃあ、精霊殺しが使われたなんてことはないよね？」

精霊殺しを使っていたヤダカインにはその魔法を使わないと約束させ、今は闇の精霊が使わないようにと監視している。

だが、もしその魔法が使われていたとしたら……。

『いや、それはない。以前から樹のはあの森を監視下においていた。そんな中であの魔法が使われていたら樹のが気付かぬはずがない』

「うーん、だったらなおさらなんでだってことだよね」

『我にも分からぬ』

「百聞は一見にしかず。現場百回。森に何かないか実際に見に行ってみる？」

『ここでじっとしているよりましか』

『そうね、行ってみましょう』

そして、アウェインに許可を求めに行ったところ、また何かあってルリが責められるようなことがあってはならないと、今度はラピスと霊王国の兵士数人も同行することになった。

やって来た森では、前回ののんびりとした空気は変わり、聖獣達は子供がいなくなったことに殺気立っているように感じる。

これは早く見つけなければ別の騒ぎが起こるかもしれない。

「聖獣達は以前にも子供を殺されている。まだ生死は不明だが、子供がいなくなるのはこれで二度目だからな」

以前に殺された子供とは、現在コタロウが使っている肉体の元の持ち主だ。

死んだ肉体をコタロウがもらい受けたわけだが……。

「コタロウの体を持ってた子は殺されたの？」

そのことは知らなかった瑠璃は驚いた。

瑠璃の問いにラピスが答える。

「ああ。当時の世話係が毒を盛ったんだよ。警戒心のない子供はそれを口にして死んだ。その実行犯はすでに捕らえられたが、不審な点も多いんだよ」

「不審な点って？」

「知らない。国のことは親父に任せてる。愛し子が色々と知りすぎるのはよくないからな」

「その気になればいくらでも情報を手に入れられるって前に自慢げに言ってたじゃない」

「それはそれ、これはこれ」

つまり、ラピスは聖獣の問題にはあまり興味がなかったということなのだろう。

「そっちの問題に関しては親父が動いてるから、気にしなくていい」

「でも、前にも聖獣絡みで問題が起きてるなら関連性があるかもしれないじゃない」

「それも含めて親父が調べてるはずだ。ルリができることは聖獣の子供を捜すことだ。そしたらおのずと犯人も分かるんじゃないのか？」

「くっ、ラピスに正論を言われるとなんか悔しい……」

すぐに一目惚れする、性格に難ありの男なのに言っていることは正しい。

今回は瑠璃が犯人扱いされたことに精霊達がお怒りなので、仕方なく瑠璃が同行しているにすぎないのだ。

本当なら、霊王国の問題に他国の愛し子である瑠璃が首を突っ込む案件ではない。

やる気満々の精霊達が森に散っていったのを確認したら、瑠璃にすることはないので静かに待ち続ける。

しかし、数時間粘《ねば》ったが何もみつけることはできなかった。

仕方なく手ぶらで城へと戻る。

すると、セレスティンが怒りの形相でやって来た。

「どういうことですか、ルリさん⁉」

開口一番に怒鳴られる瑠璃こそ、どういうことかと問いたかった。

「何がでしょう？」

「何がではありません！　今城内では、あなたが聖獣の子供を殺したという噂《うわさ》が流れているのですよ」

「はい⁉」

目が飛び出そうなほど瑠璃は驚いた。

「なんですか、その噂！」

「こちらが聞きたいですよ。急速にそんな話が城内を駆け巡っていると、私の世話係が教えてくれたのです。また何か厄介事《やっかいごと》に首を突っ込んでいるんですか？　ルリさんの周りでは何かと騒動が絶えないではありませんか」

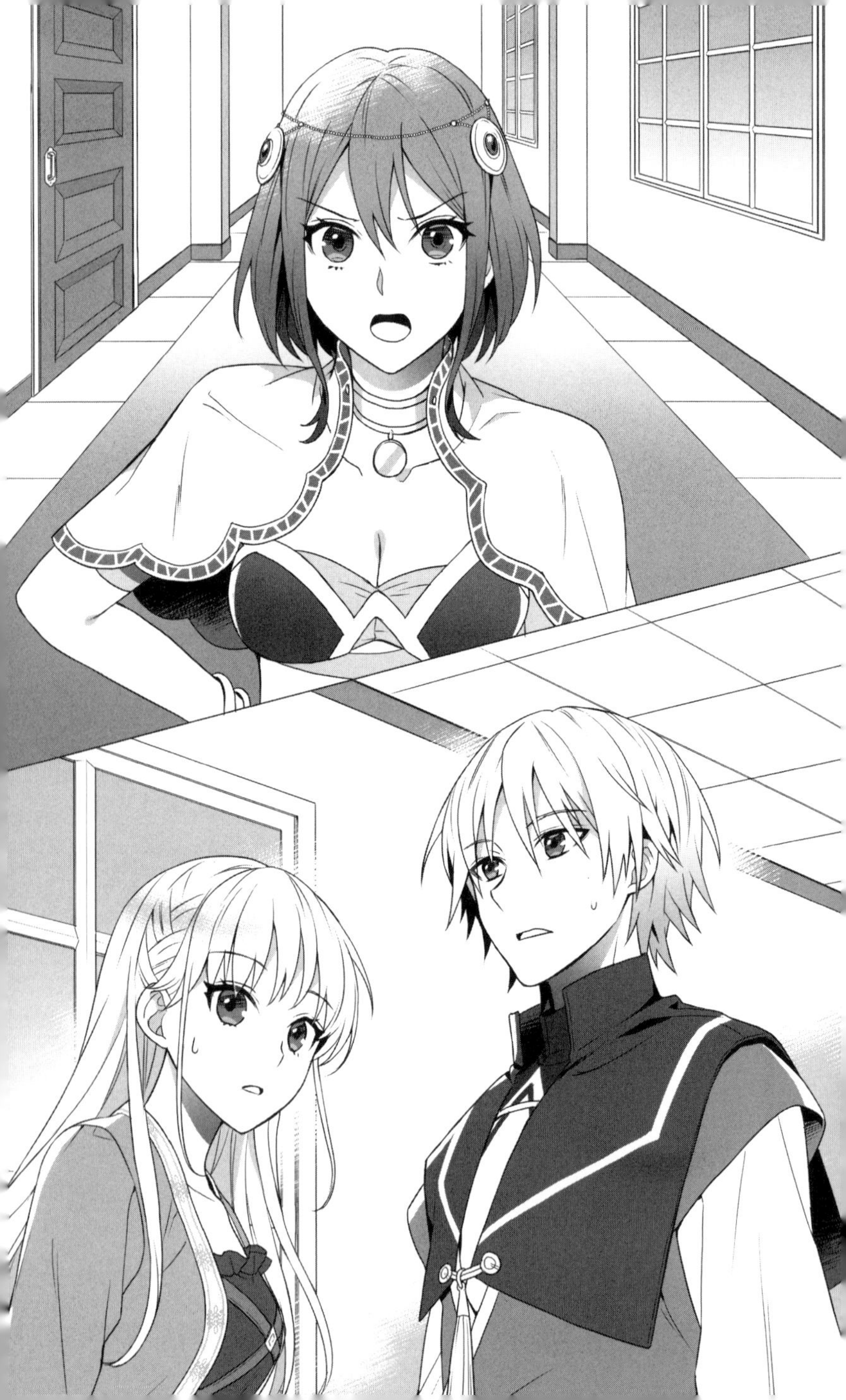

「そう言われましても……」

「とりあえずこちらにいらしてください」

そう言うと、瑠璃の腕を掴んで引っ張っていく。

どこに連れて行かれるのかと思えば、その部屋には四カ国のトップが顔を揃えていた。

「皆さんお揃いですね。入ってきて良かったですか？」

「ああ、今ルリのことについて話していたからな」

「私のですか？」

とりあえずジェイドの隣の椅子に座ると、当然のようにジェイドを挟んだ反対側にセレスティンが座る。

もう決められた席次のようになっている。

さらにラピスも座ると、先程セレスティンが言っていた噂についての話が始まった。

「どうやらルリについてよろしくない噂が蔓延《まんえん》しているようだ」

「そうみたいですねー」

気にした様子のない呑気な瑠璃に、ジェイドから苦笑がこぼれる。

「ルリ、少しは気にするべきだぞ」

「所詮《しょせん》噂でしょう？」

何かあっても精霊達が反論してくれるという自信があればこそなのだが、ジェイドは危険視していた。

「噂と侮《あなど》るわけにはいかない。それがいつ足下をすくうか分からないのだからな。それによって起こるのは……」

ジェイドはチラリとコタロウとリンを見た。

瑠璃もその視線の先を辿って納得する。

愛し子に何かあって怒りを爆発させるのは瑠璃ではなく精霊達だ。

「その噂はどこから来てるんですか？」

そう問うと、アウェインが「今、調べている最中だ」と、答えた。

「どうやら噂は、精霊の見えない貴族を中心に回っているようだ。精霊が見えない貴族には愛し子や精霊への信仰心が薄い者が一部いてな。頭の痛いことだが、ラピスのことも私の息子だから敬意を払っているだけで、愛し子であることを疑っている者がいる。噂を信じているのはそんな一部の精霊が見えない者達だ」

アウェインはこめかみを押さえる。

これだけ他国の愛し子、それも最高位精霊と契約している瑠璃に無礼な噂が蔓延しているのだ。

聖獣がいなくなったことも合わせて、アウェインの胃が心配だ。

胃薬が必要かもしれない。

「精霊が見える者はその恐ろしさをよく分かっているからな」

ジェイドの言葉にその場にいた者が頷く。

証拠もなく愛し子を疑うなど、精霊に喧嘩を売っているようなものだ。

「ルリ。噂の出所は今調べているところだ。噂を消すようにも動いている。だから、できれば……」

「ええ、私は大丈夫ですから気にしないで下さい」

アウェインが言わんとしていることは分かったので、気を使わないようにと伝える。

ほっとした顔をしたアウェインに、これ以上の心労を増やすのはしのびないと思っていたのだが……。

『ルリ』

「なに、コタロウ？」

『やはりあの小娘を抹殺《まっさつ》して良いか？』

「いや、小娘って誰⁉」

不穏《ふおん》な言葉を吐くコタロウに瑠璃はツッコむ。

『ルリになにかと言いがかりを付けてくる小娘だ』

「あー、もしかしてスピネルって子のこと言ってる？」

『うむ。どうやらその小娘が噂の発生源のようだ。今も城内で、堂々とルリのことを悪《あ》し様《ざま》に言っている。ルリが聖獣を殺したと』

「ええ〜」

面倒臭そうな表情をする瑠璃とは違い、顔色を変えたのは霊王であるアウェインだ。

「あの馬鹿者め！　誰か！　誰かいないか⁉」

アウェインが廊下に向けて大きな声を上げると、扉の外で控えていただろう兵士がすぐに入ってきた。

「お呼びでしょうか？」

「今すぐ、城内のどこかにいるスピネルを連れてくるんだ。モルガ家の当主も登城しているはずだから連れてきてくれ！」

「はっ、かしこまりました！」

兵士が部屋を出て行ってすぐに、霊王は文字通り頭を抱えた。

それを不憫そうに見つめる三人の王達。

しばらくすると、アウェインに呼び出されたスピネルと、ちょび髭で小太りの中年の男性が入って来た。

きっと彼がモルガ家の当主なのだろう。

男性の方は走って来たのだろうか、汗を掻いて息を切らしている。

対するスピネルは涼しい顔で、王達を前に美しい礼を見せた。

見せかけだけはちゃんと教育されているようなのだが、精霊のことになると途端に勉強不足な所が顔を出す。

よほど偏《かたよ》った思想を植え付けられたのだろうと思われる。

まあ、見えないのだから信じられないのは仕方がないのかもしれないが、愛し子のいる霊王国の筆頭貴族の娘としてはあまりにもお粗末。

鋭い眼光を浴びせられ身をすくませるモルガ家当主と、ジェイドを見つけて頬を染めるスピネルの温度差が激しい。

「モルガ」

「はっ！」

「現在、竜王国の愛し子について城内で噂となっていることを知っているな？」

「はい。霊王国の城で愛し子様を貶《おとし》めるような噂が流れていることは、筆頭貴族として遺憾《いかん》に思っております」

「その噂を流しているのがそこにいるお前の娘と聞いてもそんな言葉ですませられるか？」

「なんですと⁉」

モルガ家当主は驚いたように自分の娘を凝視《ぎょうし》した。

「スピネル、それは本当なのか⁉」

「なんのことでしょうか？」

白々《しらじら》しくもとぼけるスピネルにアウェインは冷めた眼差しを向ける。

「最高位の風の精霊が全てを見聞きしているのだ。言い逃れは許さぬ」

　すると、スピネルは不服そうに眉根を寄せる。

「恐れながら陛下。精霊の言葉など信用に値しません。精霊など所詮は偶像。存在はしないのですから」

「だそうだが、モルガよ。お前は娘にどういう教育をしている？　この霊王国にあって、しかも筆頭貴族の娘という立場にありながら、このような世迷《よま》い言《ごと》を口にするとは」

「も、申し訳ございません！　この子の母親は他国から来た魔力を持たぬ者。精霊を信じておらず、その影響を大きく受けてしまったのです。気付いて教育をし直そうとしましたが、すでに固定観念ができあがってしまい信じようといたしません。それ故、霊王国では生きづらいだろうと、精霊信仰の薄い他国に嫁入りをさせようと動いている最中でございます」

「なるほど、確かにこれだけ凝り固まった価値観は変えようがなさそうだ。それで、いつ嫁入りさせるのだ？」

　とっとと嫁に出せという圧力をアウェインから感じる。

「はっ！　準備が整い次第すぐにでも」

「お待ちください！　私を嫁に出す？　どういうことですか⁉」

　そのような話は聞いていなかったらしいスピネルは強く拒否反応を示す。

「お前はここ数日の間にどれだけ愛し子様に迷惑をかけたと思っている？　そのような危険な思想

を持つ者を筆頭貴族の娘として霊王国に置いておくわけにはいかない。せめてちゃんとした嫁ぎ先を見つけてやるのが親としての最後の情けだ。それが嫌ならば、お前は一般人として自分の力で生きていくしかない」

「わ、私はジェイド様の妻となるのです！」

その件は、まだ納得してなかったのかと、瑠璃はジェイドと顔を見合わせて苦笑した。

「竜族は一人の伴侶しか愛さぬ。竜王陛下はすでにご結婚されている。お前が陛下の妻になることはない」

「そんなの分かりませんわ。それに私は成人したらジェイド様の妻になるんだとずっと言われてきましたのよ」

「いったい誰がそんな恐れ多いことを言うんだ。陛下はお前とそんな約束はしてないとおっしゃっているそうだぞ」

「お母様です。お母様がジェイド様がいずれ迎えに来てくださるのだと教えてくださったのです！」

親子の言い合いが続く中、ここに来て、ようやくジェイドの浮気疑惑の真相が見えてきた。

モルガ家当主はとうとう頭を抱え始めた。

「あの、馬鹿者が……」

どうやら胃薬が必要な人がもう一人増えたようだ。

「なるほど、お前の母が、成人したら私が迎えに来ると言ったわけか？」

「はい、その通りです！」

急にジェイドに話し掛けられてスピネルは嬉しそうに答える。

「なんだ、ジェイド様が子供に手を出したわけじゃなかったと分かって良かったですね。じゃないとロリコンだって疑われ続けるところです」

「ルリ……」

ジェイドにじとっとした目で見られたので、瑠璃は視線をそらす。

スピネルの母親は、ラピスに対しても娘を嫁がせようと画策していたようなので、よっぽど権力欲の強い人物なのだろう。

しかし、娘にそう思わせておいて、ジェイドに嫁がせる勝算《しょうさん》があったのか問いたいところだ。

スピネルを見ると、かなり思い込みが激しそうなので、この子にしてこの親ありな人物なのかもしれない。

激しく関わり合いになりたくない相手だ。

「その件に関してはモルガ、お前が始末を付けるように」

「かしこまりました。早急に娘の輿入《こしい》れの準備を始めます」

「お父様⁉」

スピネルが批難するような声を上げたが、モルガ家当主は黙殺した。

「噂につきましても、ただちに鎮火にあたらせます」

「そうしてくれ。もう行ってよい」

「皆々様には大変ご迷惑をおかけいたしまして、まことに申し訳ございません」

そう言って、モルガ家の当主はスピネルを引きずるようにして部屋を後にした。

スピネルは最後までジェイドに向けて何かを言っていたが、誰も関心を向けなかった。

二人が出て行って、誰からともなく溜息が出る。

「霊王国のような古い国でも色々と頭の痛い問題はあるようだな」

決して嫌味ではなく、同じように頭の痛い貴族を抱える帝国皇帝のアデュラリアが憐憫を含んだ眼差しでそう口にした。

アウェインは否定できずに頷くしかできない。

「まったくだ。こういう時ほど、王を投げ出したいと思うことはない」

建国より王で居続けるアウェインだからこそ、その重みも桁が違う。

「とりあえず、この件に関しては解決したと思ってよさそうだな」

「そうですね。他国に嫁ぐなら今後関わることもないでしょうし」

そんなアルマンとセレスティンの話を聞いていた瑠璃には疑問が。

「この世界では親が子供の結婚を決めるのは一般的なことなんですか?」

「国や種族など、場合によりけりだな。私とルリのように恋愛婚のような場合もあれば、家同士の繋がりを太くするための政略的なものもある。後者は特に貴族ではよくあることだ。帝国や霊王国などのな」

「へぇ。竜王国では少ないんですか？」

「そうだな。竜王国には貴族はいないし、竜族自体が恋愛婚推奨派だ。だが、まったくないというわけではないぞ。種族によっては家が結婚を決めるのが普通という所もある」

自分が好き合って結婚したから違和感を覚えたのだが、そう説明されると、瑠璃がいた世界でも似たようなものかもしれないなと思った。

まあ、これで話は終わったと思っていたら……。

『あら、じゃああの女にお仕置きできないってことかしら？』

『むう……』

『え〜』

『一発だけでもだめ？』

『ちょびっとでも？』

と、精霊達から不平不満が巻き起こったが、アウェインがどうにか取りなしていた。

第14話　秘薬

このまま鎮火されるかと思った噂だが、予想以上に広まっており、城内を歩けば居心地が悪いことこの上ない。

「よくあんな平気な顔をして」

「聖獣を殺すなんてとんだ愛し子もいたもんだ」

「陛下は罰しないのかしら？」

声を潜めているのだろうが、ばっちり聞こえている。

まあ、多くが半信半疑という感じで、本気で信じて陰口をたたいているのはごくごく少数だが、瑠璃の評判はそのまま竜王国の評判にも直結する。

どうにか早く名誉を挽回《ばんかい》せねばならない。

そのためには聖獣の発見が一番だ。

そんなある日の夜中、猫の姿で城内を闊歩《かっぽ》していた。

人間の時には見えなかったなんらかの情報を得られないかと思ったのだ。

精霊を引き連れて歩いていても警戒をされるだけ。

特に聖獣の体を持つコタロウは目立つ。

なので、リンだけを連れて他の精霊は置いていき、外に飛び出した。

最初コタロウや他の精霊は反対していたが、瑠璃にはコタロウが張った結界が常時付いているし、リンもいるからと納得させた。

歩いていると時々風が瑠璃の体を撫でる。

まるで瑠璃を守るようにまとわりつくそれは、きっとコタロウが遠くから見守っている証《あかし》だろう。

側にいなくても側にいるというのはとても心強い。

たまに鉢合わせする兵士をやり過ごし、ウロウロしているとだんだん人気《ひとけ》がなくなってきた。

少し遠くまで来すぎたかもと引き返そうと思った時、目の前を見知った人物が通り過ぎる。

『あれって、スピネル？』

『みたいね。あのムカつく顔は忘れようがないわ』

こんな時間に何をしているのかと後を追いかける。

スピネルは周囲を気にするようにどこかへ向かっているようだ。

『怪しい……。絶対に怪しいわ、あの女』

『それってリンが彼女を嫌いだからそう見えるだけじゃないの？』

『だって若い娘がこんな時間に出歩いてるなんておかしいじゃない』

『まあ、人のこと言えないよね、私もだし』
『…………。それでも怪しいのよ！』
『リン、静かに。気付かれちゃう』
ハッとしてスピネルを窺《うかが》うと、どうやら気付かれてはいないようで二人はほっとする。
『それにしてもどこに行こうとしてるんだろ？』
スピネルは隠れるように建物から外に出て、庭の方へ歩いて行くではないか。
こんな夜中の暗がりの中。
かろうじて見える暗い庭を歩いて行くと、小屋のような小さな建物が。
どうやら庭師が物置として使っている建物のようだ。
その裏手に向かうスピネルはふいに立ち止まる。
「いますの？」
スピネルが声を掛けると、ガサリと音がする。
誰かいるのかと思ったが、瑠璃の位置からは姿が見えない。
かと言って、これ以上近付けば気付かれてしまうかもしれない。
『リン。コタロウに相手の顔を確認するように頼んで』
『分かった』
少しして、リンから伝わったのか風がふわりと舞うのを感じる。

「いるならさっさと出てきてください！」

「悪かったよ。俺も身を隠すのに必死でさ」

声からして、スピネルが話している相手は男のよう。

年齢はそれほど老いてはいない。若い男性の声だ。

「とりあえず姿を見せてください。話がしづらいですわ」

「俺は慎重派でね。このままでいいだろ？」

「……まあ、いいですわ。それで、あれはどうしたのですか？」

「ちゃんと隠してるよ。見つからない場所にな」

「どこですか？　渡してください」

「おっと、それはまだだ。取引するにはちゃんと報酬がなければ」

「……今はありません」

「なら、交渉は決裂。聖獣は森に返すよ」

聖獣という言葉に、思わず瑠璃は声が出そうになったが、必死に飲み込んだ。

ここでバレるわけにはいかない。

「待って！　報酬はちゃんと用意します。ですので、先に聖獣を。私には秘薬が必要なのです」

「聖獣から採れる秘薬ってやつねぇ。聖獣からそんな秘薬が採れるってのは初めて知ったが、こんな危ない橋を渡ってまであれが欲しいなんて俺には理解できないね」

「あなたにはそうでも、私には必要なのです。以前の聖獣は手に入らなかった。せっかく世話係を味方にして毒を飲ませたというのに。この機会を逃したら私には後がないの」

「ははは、怖い女。さすがの俺でもお前みたいな女はごめんだな」

「あなたにそう思われてもなんともありません。私にはジェイド様がいるのですから」

「はいはい。そこはどうでもいいさ。とりあえず報酬を持ってこい。話はそれからだ。次は三日後。その時に報酬を用意できないならこの話はなしだ。聖獣は森に返す」

「……分かりました」

そして、二人がいなくなるまでしばらくそこで待機していた瑠璃とリンは、ようやく動き出す。

『大変だ』

瑠璃は大急ぎでジェイドの元へと駆けていく。

部屋に戻れば、眉間に皺を寄せたジェイドが待っていた。

アウェインとアルマンと酒を飲んでいたジェイドはほんのり顔を赤くしているが、そこまで深く酔っていないようだ。

二人と飲んで部屋に帰ってきたら瑠璃がいなくなっていたのだから、ジェイドが不満を表すのは仕方がない。

けれど、ジェイドのお小言《こごと》を聞いている場合ではなかった。

腕輪を外してもらい人間に戻った瑠璃は、ジェイドに必死で伝える。

「大変なんですよ、ジェイド様！　今すぐ霊王様の所に行きましょう！」

「もう夜中だ。明日にした方がいい。そんなことよりこんな時間まで猫の姿でどこに行っていたんだ。護衛もなしに出歩いては……」

「聖獣をさらった犯人が分かったんです！」

ジェイドはすぐに表情を変える。

「本当か？」

「はい。それで霊王様に話をしたいんです」

「分かった。すぐに面会の申請をしよう」

ジェイドは外にいる兵士にアウェインへの繋ぎを頼んだ。

その間に瑠璃はコタロウに問う。

「コタロウ、相手の顔は見た？」

すると、コタロウは沈黙の後、首を横に振った。

『何故か見えなかった。まるで弾《はじ》かれたように我の力が拒絶されたのだ。それ故に、後を追うこともできなかった』

「えっ、どうして？」

『はっ？　どういうこと？』

リンも予想外だったのかコタロウに詰め寄る。

『我にも分からぬ。聖獣が見つけられないことと関係しているのかもしれない。だが、あれはまるで……』

「まるで？」

『いや、まるで光のの力に弾かれた時のような感覚がしたのだ』

「けど、光の精霊は今は竜王国だし、なにも知らないんでしょう？」

『うむ。そう言っていたし、それに嘘はない』

ますます分からなくなる。

だが、誘拐犯が男であることと、何かの力が作用していることは分かった。

そうしているうちに霊王との面会が叶う。

部屋にはアウェインだけかと思いきや、ラピスの姿もある。

アウェインに勧《すす》められ席に着くと息つく暇もなく瑠璃は口を開いた。

「さっき城内を歩いてたらスピネルがいたんです」

「ルリ、ここは竜王国ではないのだから軽率な行動は……」

「もう、ジェイド様。話の腰を折らないでください。ちょっと黙ってて」

瑠璃はジェイドを切り捨てて話を続ける。

「そしたら人気のない庭の方に出て行って、そこで誰かと待ち合わせていたみたいなんです」

「誰かとは誰だ？」

「それが、顔は見えなくて……。けれど、若い男の人の声でした。その男性と話をしているのを聞いていたら、その男性が聖獣を誘拐したと言ったんです」

「なに⁉」

アウェインが前のめりになる。

「どこかに隠したと言ったんですが、場所までは言わなかったです。男性はスピネルと何らかの取引をしていたようで、スピネルが聖獣を誘拐するように頼んだようです。ですが、スピネルが報酬を払えなかったようで交渉は決裂したみたいです。次の取引は三日後らしく、その時に報酬が支払えなかったら聖獣は森に返すと言っていました」

「つまり、スピネルが黒幕だったというわけか」

アウェインはショックが隠せないようで手を額《ひたい》に置く。

「それだけじゃなくて、スピネルは前回聖獣が殺された件にも関わっているようです。世話係を味方につけて毒を盛ったと言っていたので」

「スピネルはいったいどうしてそんなことを……」

「秘薬がどうとか言ってましたよ」

そう言うと、ジェイドは不思議そうな顔をし、アウェインとラピスは驚いた顔をした。

「スピネルがそう言っていたのか？　秘薬と」

「はい。ねえ、リン？」

リンに視線を向ければ、確かに聞いたと同意するようにリンも頷いた。

「なんてことだ……。何故スピネルが秘薬のことを知っているんだ」

「あれでも筆頭貴族の娘なんだからさ。家に資料かなんか残ってて、そこから知った可能性だってあるんじゃないか？」

信じられないと驚愕するアウェインに、ラピスが冷静に諭す。

「えっと……。聖獣から採れる秘薬ってなんですか？」

そう問えば、アウェインとラピスは口をつぐんだ。

どこか迷っているように見えるのは、できれば教えたくない内容なのだろう。

しかし、精霊にはそんなの関係ない。

『聖獣の死体からはね、特別な薬の元となる物が採れるのよ』

あまりにもリンがスルッと話すので、躊躇いを見せていたアウェインとラピスはぎょっとしている。

が、それでもリンは止まらない。

『昔はそれで聖獣が乱獲されて絶滅の危機にあったのを、この国が保護してるの』

「どんな薬ができるの？」

「あっ、ちょっと待ってくれっ」

リンには焦るアウェインは視界に入っていないようだ。

『人を操る薬よ』

あちゃーというようにアウェインは顔を覆う。

『秘薬を飲ませた相手を意のままに操ることができるの』

「それってかなりヤバイものじゃないの？」

『そりゃあ、ヤバイわよ。だからこの国では上層部の一握りの者にしか知られていないし、秘薬のことは隠匿《いんとく》されているのよ。なのに、あの女が知ってたのが不思議ねってことよ』

「なるほど」

話を聞き終わってリンからアウェインに視線を向けた瑠璃は、そこで妙な空気になっていることに気が付く。

「どうかしましたか？」

「……水の精霊殿が言ったように、秘薬のことはごく一部の者しか知らない。だから、できれば教えたくなかったのだが……」

恨めしそうな目をリンに向けるアウェイン。

『あら、ルリは秘密を誰かにしゃべったりするほど口は軽くないから大丈夫よ』

ひょうひょうと言ってのけるリンに、アウェインも肩を落とした。

「ルリ、ジェイド。この件は極秘事項だからくれぐれも誰かに話さないでくれ」

「わ、分かった」

「はい……」

なんだかアウェインが不憫に見えた瑠璃とジェイドは素直に応じた。

改めて話を再開する。

「スピネルはどうしてその秘薬が欲しかったんですかね？」

『あら、決まってるじゃない。王に飲ませるためでしょう』

全員の眼差しがジェイドに向かい、ジェイドは頬を引き攣らせた。

そして、アウェインは何かを思い出した。

「そう言えば、以前聖獣が殺された後、ジェイドは会談で霊王国に来ていたな。もしかしたらその時に飲ませようと……」

しかし、その体はスピネルが手に入れる前にコタロウが手に入れた。

「間一髪《かんいっぱつ》ですね。ジェイド様。コタロウにお礼言っとかないと」

「ああ……。そうだな……」

どうもジェイドの顔色が悪い。

まあ、自分が標的となっていたかもしれないと聞けば当然か。

「それで、どうしましょうか？　スピネルが犯人ってことは分かったんですが、実行犯の方はコタロウでも追えなかったようで、聖獣の居場所は分からないんです」

「風の精霊殿が追えなかったのか？」

「みたいです」

アウェインとジェイドは揃って眉をひそめる。

ジェイドはいいが、アウェインがそんな表情をすると怖くて仕方がない。

それを口にはせず、大人しく待っていると、考えがまとまったらしいアウェインが口を開く。

「聖獣の居場所が見つからない以上、スピネルをすぐに捕らえるよりは泳がせていた方がいいだろう。次の取引は三日後だったか？」

「そうです、霊王様。確かにそう言ってました」

「ならば、その時に実行犯と共にスピネルを捕らえる。その間に証拠となるものもそろえ、万全の準備をしておく」

「私も手伝います！」

やる気満々で意気込む瑠璃にアウェインは苦笑を浮かべる。

「ありがたいが、それは遠慮しておく」

「えっ⁉」

「これは霊王国の問題だ。他国の、それも愛し子を危険なことに巻き込むわけにはいかない」

「えぇー」

溢《あふ》れんばかりのやる気がしぼんでいく。

「ルリ、アウェインの言う通りだ」

「ジェイド様まで」

『私もそれには賛成よ。コタロウでも追えない相手なんてなにがあるか分からないもの』

『我も同意見だ』

瑠璃はがっくりと肩を落とした。

しかし、自分に何かあって霊王国に迷惑をかけては申し訳ないので、瑠璃は素直に退くことにした。

第15話　奪還

「ひ～ま～だ～」

瑠璃はベッドに寝っ転がりながら愚痴《ぐち》をこぼす。

スピネルと謎《なぞ》の男のことがあってから三日。

つまり今日がその取引の日だ。

恐らく取引は前回と同じく夜と思われるが、瑠璃や他の愛し子は部屋に隔離されている。

部屋の外ではいつも以上の護衛が配置され、さらには過保護なコタロウが強力な結界を張り、完全武装状態。

来るなら来いやぁと言わんばかりである。

そんな周囲に反して瑠璃は呑気なものだ。

それはコタロウ達精霊の力を信頼しているためでもある。

しかし、それでも過保護なのがジェイドである。

これだけ厳重にしてもなお心配なのか、朝から側を離れない。

そもそも霊王国の問題なのでジェイドが口を挟むわけにもいかず、霊王国の人達が解決するのを待つしかないのだ。

いっそ竜王国に帰るかという案も出たのだが、瑠璃が犯人じゃないかと疑惑が持ち上がっている今、解決される前に霊王国を出るのは逃げたと思われるかもしれない。

スピネルが元凶《げんきょう》であることは分かったのだから、霊王国の人達を信じて犯人を捕らえるのを待つのが一番だとなった。

けれど、霊王国の内情を他国の者に軽く話してくれるはずもなく、アウェインもあまり詳しくはジェイドに話してくれないようで、ジェイドがヤキモキしているのを瑠璃も感じる。

が、しかし、瑠璃は愛し子である。

そして、最高位の風の精霊コタロウがいる。

どんなにアウェインが話さなくても、風の精霊達には筒抜けなのだ。プライバシーなどあったものではない。

先程から精霊が集めた情報をコタロウが整理して瑠璃に教えてくれる。

『あの女の周辺はかなり調べられているようだ。本人は気付いていないようだが』

「何か分かったの？」

うつ伏せになり両手を伸ばして伸びをしながら問う。

『あの女より、あの女の母親の方から色々出てきているようだ』

「あー、スピネルにジェイド様が迎えに来てくれるとか言って信じさせた母親ねー。ラピスもその母親から娘を正妻にって懇願されてたって言ってたよね～」

コタロウとそんな話をしていると、部屋の中を落ち着きなくうろうろ歩き回っていたジェイドが、ベッドで横たわる瑠璃の横に腰掛けた。

そして、髪をすくように撫でるジェイドの手の動きに目を細める。

「ジェイド様ものんびりしましょう。焦っていても私達には何もできないんですし」

ジェイドは少し沈黙した後、小さく溜息を吐いて、瑠璃の横にゴロリと寝転んだ。

そのことに気を良くした瑠璃はにこりと微笑む。

そしてコタロウに続きを促《うなが》した。

「それで、その母親からは何が出てきたの？」

『聖獣は死んだ後にその心臓が結晶化する。それを材料に作られる秘薬の調合方法を書いた古い資料だ。モルガ家の当主にだけ伝えられる資料をどうやってか盗み出していたらしい』

「盗まれたのに気付かなかったの？」

『そのようだな』

瑠璃とジェイドは揃って呆れた顔をする。

スピネルのことに関してもだが、モルガ家の当主も色々と問題ありだと思うのは気のせいか。

よく筆頭貴族の当主などやっていられたなと思う。

いや、あるいは忙しすぎて家のことに頓着《とんちゃく》しなかったのかもしれない。

仕事人間にはよくあることだ。

『さらに、我の体となっている聖獣を殺す暗殺計画書まで出てきたようだ。最後に毒を盛った世話係を消すところまで』

「うわ～。それはギルティだわ。でも、スピネルがやったことだと思ってたんだけど？　本人もそう言ってたし」

『母親が計画。娘が実行といったところか』

と、そこでジェイドが口を挟む。

「しかし、そんなことをその親子だけでできるのか？　世話係は捕らえられて牢にいたのだろう？　そんな中を殺すなど」

『それについては、我の予想だが呪術が使われたのではないかと思う』

「呪術？　ってことは魔女？」

『いや、呪術だからと言って魔女とは限らない。あれはあくまで魔女が人を呪う魔法を使えたので魔女の使うものは呪術と言われていただけだ。人を呪う魔法は普通の人間でも使える。知識さえあればルリでもな』

「そうなんだ」

使えると言われても、使いたいとは思わないが。

『樹のも、我と同じ意見のようだ。それ以外に監視の目を掻い潜って暗殺するなど不可能だ。……が、その世話係を殺したのが、行方の分からぬ聖獣を誘拐した者と同一人物なら話は別になる。現に、樹のと我の目を掻い潜って聖獣をさらっているのだからな』

「……つまり、計画したのはスピネルと母親だけど、実行したのが誰かは聖獣を誘拐した人を捕まえないと分からないってことね」

『そういうことだ』

「やっぱり待つしかないのか……」

『だが、母親の方は先程捕らえられたようだぞ。娘はまだ泳がしているようだが』

「それは朗報ね」

後は夜になるのを待つだけ。

そう思っていたら横にいたジェイドが飛び起きた。

「どうしたんですか、ジェイド様？」

ジェイドは窓へと歩き、開け放つ。

真剣な表情のそれに、瑠璃は嫌な感じがする。

「どうしたんですか？」

「獣の声だ。段々近付いてくる」

「えっ？」

瑠璃も起き上がり窓から外を覗くが、瑠璃には何も聞こえない。

困惑したようにジェイドからコタロウへと視線を向ける。

『むう、どうやら森にいる聖獣が騒いでいるようだ。森を出て城へ向かおうとしている』

「どうして？」

『聖獣はいなくなった子供を捜しに出て来ようとしているようだ。森を散々捜し回ったが見つからず、いつになっても霊王が発見の知らせをしてこないことに辛抱《しんぼう》たまらなくなったのだろう。聖獣達が子をなくしたのはこれで二度目だ。自分達で捜すべく全ての聖獣が森を出たのだな』

「それってマズいんじゃあ……」

『だろうな』

聖獣は森で樹の精霊の保護下で暮らしていた生粋《きっすい》の箱入りだ。

霊王国の国民にとっては精霊と同じぐらい特別な生き物で、それが森から出たとなれば大騒ぎになるだろう。

その時、声が降ってきた。

『風の』

『むう、樹のか』

突然樹の精霊が話し掛けてきた。

『あの者達を止めてくれぬか？』

『我がか？』

『聖獣の体を持つお前だからこそ意味がある。それに彼《か》の者達は風の属性を持つ者。風の精霊であるお前が適任だ』

『むう。それはそうだが……』

コタロウは瑠璃へと視線を向ける。

どうやら瑠璃の側から離れることを懸念《けねん》しているようだ。

「コタロウ。私なら大丈夫よ。行ってあげて」

コタロウは少し悩んだ末、ジェイドや精霊達もいるということで『分かった』と了承した。

『助かる。頼んだぞ』

『うむ』

コタロウは窓から外へと飛び下りた。

ふわりと着地したコタロウは、騒ぎの方へと駆けていった。

「うーん。大丈夫かなぁ」

『コタロウに任せて大人しくしてるしかないわよ』

リンは動じた様子はなく、テーブルで飲み物を飲み始めてしまった。

それを見て一気に気が抜ける。

「ルリも何か飲むか？」

「そうですね。何か温かい飲み物が欲しいです」

「分かった」

ジェイドはテーブルの上のベルを鳴らす。

するとすぐに使用人が入ってきて、ジェイドは二人分の飲み物を頼む。

それを背に、瑠璃は窓の外をじっと眺めていた。

するとふいに何か音がした。

いや、音というよりは鳴き声か。

後ろを向くがジェイドは使用人と話をしていて気が付いていないようだ。

再び窓の外を覗き込んだ瑠璃の視界の端に何かが引っ掛かった。

ハッと上を向くと、褐色の肌をした男性と目が合った。

「やべっ」

小さくそう言った男性と、ぽかんとした顔で立ち尽くす瑠璃。

男性はどこかで会ったことがある。

誰だ？　誰だ？　と、思っている瑠璃の目には、男性の背にひもで括《くく》り付けられた聖獣の子供が映った。

「あー！」

瑠璃は指を差して大きな声を上げた。

「何を騒いでいるんだ、ルリ……なっ！」

振り返ったジェイドの目に飛び込んできたのは、瑠璃と、瑠璃を後ろから羽交《はが》い締《じ》めにしている褐色の男性の姿。

その背には聖獣の子供が……。

聖獣の子供だからコタロウと同じ大きさを想像していたが、まるで違う。

片手で持てるほどの大きさの子犬だ。

白いモフモフな子犬は悲しそうに「くうぅん」と鳴く。

「貴様が誘拐犯か!?　ルリと聖獣を離せ！」

途端にジェイドが戦闘モードに入り、空間から剣を取り出す。

そして、使用人は迷いなく扉の外へ走り、応援を呼んだ。

次々に部屋に入ってくる兵士達。

当然その中にはユアンやフィンといった竜族もいる。

「ルリ！　お前また捕まったのか⁉」

ユアンが叫ぶ。

それに関しては本当に申し訳ないと感じつつ、瑠璃は冷静に状況を把握《はあく》しようと必死だった。

「あなた前に会ったわよね。そう、確か市場で」

「あっ、覚えててくれたの？　俺はすぐに分かったよ。こんな可愛い子のことは忘れないから」

そう言って、褐色の男性、ギベオンは瑠璃の髪に口付けた。

その瞬間、瑠璃の髪すれすれのところを飛んでいく短剣。

「うわっ！」

ギベオンは反射的に避けたが、避けなければ確実に顔面に刺さっていただろう。

投げたのは、もちろん鬼の形相《ぎょうそう》をしたジェイドである。

「あっぶねえな、あんた。この可愛い子に当たったらどうするんだよ！」

「私がルリにかすり傷一つつけるわけがないだろう」

「あっ、そうそうルリちゃんだ。名前も思い出した。俺はギベオンね」

この状況が見えていないのか、にこにこと笑顔を浮かべるギベオンに、ジェイドの怒りはマックスだ。

「さっさとルリを離せ！」

「いいよ～。あんた達が俺を見逃してくれるなら」

「ほざくな！　聖獣を誘拐した者を逃すわけがないだろう」

「だよね～。じゃあ、これなら？」

瑠璃の首に鋭い剣先が向けられ、空気は一気に緊迫感を増す。

ジェイドは今にも舌打ちしそうな顔で動けなくなる中、瑠璃は冷静に剣の刃を掴み、もう片方の手でギベオンの手を逆の方向に捻《ひね》った。

「ていっ」

「ぎゃあ！」

曲がってはいけない方向に曲げられてしまった手の、あまりの痛みに叫ぶギベオンの拘束から難なく逃げ出した瑠璃はジェイドの元へ走る。

「ル、ルリ⁉　手は大丈夫なのか⁉」

なにせ剣の刃を素手《すで》でわしづかんだのだ。ジェイドが心配するのは当然だった。

しかし、瑠璃の手は綺麗なまま。

不思議そうにするジェイドに瑠璃は笑う。

「私にはコタロウが厳重に結界を張ってくれてますから、剣で斬られても傷一つ付きませんよ」

それを聞いてジェイドはホッとした顔をする。

「そうか、良かった」

ぎゅうっと抱き締めるジェイドの腕を瑠璃はトントンと叩く。

「そんな場合じゃありませんよ」

「ああ、そうだな」

瑠璃を離し、ジェイドは剣を向けた。

袋のネズミ状態でなお、ギベオンはヘラヘラと笑っている。

「あれぇ、これ絶体絶命って感じ？」

「素直に投降しろ」

「えー、どうしよっかなー」

ギベオンは背に括り付けていた聖獣を背から下ろし、ポイッと瑠璃に向かって投げてきた。

「わわわー」

慌ててキャッチした瑠璃は無事な聖獣の子を見てホッと息を吐く。

しかし、聖獣に気を取られていた一同がギベオンを思い出して視線を向けると、跡形もなく姿を消していた。

「なっ！　どこへ行った⁉」

「探せ！　遠くに行っていないはずだ」

逃げ道は扉と窓だけ。

扉にはたくさんの兵士が固めており、逃げられるとしたら窓しかないが、窓から外を覗いても姿は見つけられない。

「いったいどこへ消えたんだ？」

一同が呆気にとられる中、兵士をかき分け巨大なハリセンを持った光の精霊が部屋に入ってきた。

「えっ、光の精霊？」

『あら、光のじゃない』

どうしてここにいるのかと瑠璃とリンと竜王国の面々が不思議に思う中、光の精霊は部屋の中を見回してからある場所で立ち止まる。

何をするのかと見ていると、光の精霊は持っていた巨大なハリセンで何も見えないそこをぶっ叩いた。

すると、パリンという音とともに、目を回して気絶しているギベオンの姿が現れる。

「ふむ、これでよかろう」

光の精霊は満足そうに頷き、ぺしぺしとギベオンをはたくが、完全に気を失っているようだ。

「ほれ、さっさと拘束しておけ」

呆気にとられていた瑠璃達はハッと我に返り、霊王国の兵士が急いでギベオンを縄でグルグル巻きにしていく。

これでもかと巻き付いた縄の分だけ、霊王国の兵士の怒りが感じられる。

そして、そのままギベオンは霊王国の兵士に連れて行かれた。

竜王国の者達だけになった部屋は、まるで嵐が去った後のような空気に。

「光の精霊がどうしてここにいるの？」

「風のから、おかしなことを何度も聞かれたのでな。どういうことかとやって来たわけだ。理由が分かった。どうやら私が悪いようだ。すまないな」

『どういうことよ？』

リンがパタパタと飛んでくる。

「その話は後でいいだろう。それよりそれを早く親元へ帰した方がよいのではないか？」

光の精霊はハリセンで瑠璃が抱っこする聖獣の子供を指す。

「そうだった。早く帰さないと聖獣達が森から出てきてるんだった！」

瑠璃は早く聖獣の森に帰さなければと、それだけで頭がいっぱいになり、慌てて部屋を飛び出した。

「ルリ！」

ジェイドの声はパニクっていた瑠璃の耳には入らなかった。

しかし、代わりにリンがパタパタと後を追いかける。

瑠璃は城内をひた走る。

そんな瑠璃の肩にリンが乗った。

『もう、ルリったら。コタロウの結界があるからって暴走しすぎよ。王が焦ってたわよ』

「あはは……。ごめん。どうもコタロウの結界があるから大丈夫だと思うと安心しちゃって」

それ故に、つい自分が愛し子で保護対象であることを忘れてしまう。

後でお説教かなとげんなりしつつも、瑠璃は走るのを止めない。

『ルリ～。ここ曲がった方が近道だよ～』

『だよー』

「ありがとう」

リンのように追いかけてきた精霊達に教えられて廊下を飛び出し庭に出る。

中庭を突っ切ろうとしたところで、声が掛けられ急ブレーキをかけた。

「ちょっと待って！」

急いでいるのに誰だと思いながら振り返ると、そこにはスピネルの姿が。

「その聖獣を渡してください」

「この子は今から親元に帰すの」

「では、私が。他国の方であるあなたの手を煩《わずら》わせるわけにはいきませんもの。責任を持って連れて行きますわ」

いけしゃあしゃあとよく言えたものだ。

もちろん、スピネルが聖獣の誘拐に関わっていることを知っている瑠璃が渡すはずがない。

「嫌よ。あなたに渡して秘薬の材料にされたら困るもの」

嫌味っぽくそう言えば、スピネルはびくりと手を震わせる。

「なにをおっしゃっているのかしら？　秘薬？　どういうことです？」

瑠璃とリンは冷めた目でスピネルを見る。

「とぼけなくてもいいわよ。全部知ってるんだから。あなたが取引していた男もさっき兵士に捕まったわ。すぐにあなたの所にも兵士が捕まえにやって来るでしょうね」

スピネルは歯噛みする。

「だったらなおのこと、私に聖獣を渡して！」

スピネルが飛び掛かってくるが、瑠璃はさっと身をかわして、聖獣を護るように抱き締める腕に力を入れる。

「はいそうですかって渡すわけがないでしょうが！」

スピネルが瑠璃の腕を掴み爪を立てる。ただ、コタロウの張った結界のおかげで肌が傷付けられることはない。

しかし、髪を引っ張られると「いたた」と数本髪が抜けた気がした。

髪にまでは結界を張っていなかったのか、痛みに顔を歪めたが、絶対に聖獣を渡したりはしなかった。

そんな瑠璃を助けるように目を吊り上げた精霊達が、ゆっくりと距離を縮めてきていることにスピネルは気付いていない。

『成敗の時が来たー』

『成敗！』

『せいばーい！』

ビタンビタンと張り付きスピネルの動きを止める。

見えていないスピネルは自分の身に何が起こっているか分からず、パニック状態に陥《おちい》る。

「きゃあ！　何、なんなのです⁉」

どこからこんなに集まってきたのかと瑠璃が呆気にとられるほどの大量の精霊に押し潰されて、地面に這いつくばる。

そんなスピネルを見下ろしながら、瑠璃は問う。

「秘薬をどうするつもりだったの？　ジェイド様に使う気だったの？」

スピネルは憎々しげに瑠璃を見上げる。

「仕方がないでしょう！　お母様がジェイド様のお心を繋ぎ止めておくためには秘薬が必要だとおっしゃったの」

「また、母親ね……」

どこか瑠璃の言葉には呆れが含まれていた。

「それで、ジェイド様を秘薬で操って、満足なの？　虚《むな》しくないの？」

「あなたには関係ないわ！」

「大ありでしょうが！　わざわざ私の悪い噂を流したり、とんだ風評被害受けたんだから」

その通りだと言うように精霊達は鼻息を荒くした。

「あなたがいけないのです。私からジェイド様を奪おうとなどするから！　私はジェイド様の妻となるのです。お母様がそうおっしゃったのよ。迎えに来てくださるとジェイド様が約束したと。私はずっとお待ちしていたのに！」

憎しみを目に宿して瑠璃を見るスピネル。

逆恨みと言っていい言葉をぶつけられるが、瑠璃は怒りを感じるよりもスピネルの姿が憐れに映った。

「そこにあなたの意思はあるの？」

「え？」

「お母様に言われたから秘薬を求めて、お母様に言われたからジェイド様を待って。お母様、お母様、お母様。全部お母様に言われたから。じゃあ、あなた自身はどこにいるの？」

「な……何を言っているんですの」

「まだ気付かない？　だったら、お母様に言われなくてもあなたは聖獣を手に入れようとした？お母様に言われたこと以外でジェイド様の何を知ってるの？」

スピネルは言葉が出ないようだった。

「答えられない？　どうして？　あなたはジェイド様の妻になるんでしょう。どうしてジェイド様のことを何も知らないの？　普通好きな人のことなら知りたがるものじゃないの？」

「それは……」

「結局、あなたはお母様に操られた人形だったんじゃないの？」

「ち、違います！　違う違う違う」

まるで壊れた機械のように同じ言葉で何度も否定する。

まるでそうすることで自分を保っているようにも見えた。

瑠璃は急激に虚しさが襲ってきた。

こんな少女に色々と振り回されていたかと思うと、怒る気も失《う》せる。

「諸悪の根源は母親か……」

ぜひともアウェインには母親に厳しい罰を与えてほしいと思っていると、ユアンを筆頭とした竜族が走ってきた。

「こら、ルリ！　こんな所にいたか。探したんだぞ！」

「あー、ごめん、ごめん。とりあえずこの子を霊王様に引き渡してくれる？」

瑠璃の側で這いつくばるスピネルを見て、精霊が見えないユアンは不思議そうにし、精霊が見える他の竜族は顔を引き攣らせた。

「私はコタロウの所に行くから」

「俺も一緒に行く」

精霊の山の中から引きずり出されたスピネルを横目に、ユアンとリンを引き連れてコタロウの元へ向かった。

森との境界付近では、コタロウが聖獣達を説得しているところだった。

聖獣達は殺気立っていて、霊王国の兵士達の顔は一様に強張《こわば》っている。

「コタロウ！」

『ルリ』

あらかじめ精霊の誰かから話がされていたのだろう。聖獣を抱いた瑠璃を見てもコタロウが驚いた様子はなかった。

「くぅん、くぅん」

聖獣の子が鳴き声を上げると、先程まで殺気立っていた聖獣達が瑠璃を取り囲む。

そこには穏やかな目が子供を映しており、安堵に包まれた空気を感じた。

瑠璃はそっと聖獣の子を地面に下ろす。

聖獣の子は嬉しそうに尻尾を振って、一匹一匹に挨拶をするように鼻先でちょんと触れていく。

聖獣達は子供を中心にして森へと帰っていった。

「これで問題解決ね」

満足そうにする瑠璃の頭に、ユアンのチョップが振り下ろされた。

もちろん手加減されていたが痛いものは痛い。

「なにするのよ、ユアン……」

「お前は守られることにもっと慣れろ。でないと俺達が困る！」

「だって」

「だってじゃない！」

「すいませんでした……」

お怒りのユアンには言い訳は通用しないと悟り、瑠璃は素直に謝った。

第16話 ギベオンという男

犯人も捕まえ、聖獣も戻ってきて一件落着。めでたしめでたし。……とは簡単にいかなかった。

なにせ筆頭貴族の側室と娘が、聖獣誘拐だけでなく前回の聖獣毒殺事件にも絡んでいたというのだから、その影響は計り知れない。

今後モルガ家は微妙《びみょう》な立場に置かれることだろう。

まあ、そこは他国の者である瑠璃達には関係のないことだ。

霊王もあまり詳しくは内情を説明してはくれなかったが、そこは風の最高位精霊であるコタロウがいる。

コタロウが集めた情報によると、スピネル親子は捕らえられた後で尋問を受けた。

母親の方は捕まってもなお悪びれる様子もなくぎゃあぎゃあ騒いでいたようだが、スピネルの方は大人しく答えているらしい。

少々虐めすぎたかと瑠璃は思ったが、やって良いことと悪いことがあるので後悔はない。

スピネル親子の証言により、だいたいの事件のあらましが分かった。

一連の事件の始まりは前回の聖獣毒殺事件。

これは母親が娘をジェイドに嫁がせようとしたのが発端だった。

親の目から見ても美しい娘を地位の高い相手に嫁がせて、モルガ家の中での発言力を強くしたいと考えた。

しかし、そもそも最初に目を付けたのはラピスだったのだ。

惚れっぽいラピスのこと、娘を会わせればすぐに飛び付くと考えた。

約束を交わしてしまえばこっちのもの。

まだスピネルは幼かったが、モルガ家の娘である。

そんなモルガ家の娘と一度でも交わした約束を反故《ほご》になどできないと考え、そのまま正妻の座におさまってしまえばいいと母親は企《たくら》んだ。

しかし、ラピスはまだ子供のスピネルには一切興味を惹かれることはなく、あまりに強引《ごういん》すぎた母親の押し売りに逃げ回るようになった。

このままではどうしようもないと考えた母親の次の標的がジェイドだった。

スピネルにありもしない約束を信じさせ、ジェイドに好意を持たせせた。それはもう洗脳と言ってよかったかもしれない。

そして、ジェイドにスピネルを会わせようとしたが、なかなかジェイドに会わせるのは難しかった。

なにせ当時からアゲット達の嫁攻撃に辟易《へきえき》としていたジェイドは、未婚や未婚の子がいる親を側に寄せ付けなかったのだ。

このままでは夢と消える野望に歯噛みする母親は、ひょんなことから聖獣の秘薬を知る。

滅多《めった》に帰ってこない当主の部屋を漁り、秘薬の作り方を知った母親は、スピネルを使って聖獣の世話係を籠絡《ろうらく》させた。

真面目だった青年はスピネルに呆気なく傾倒し、スピネルに言われるがままに動いた。

そうして殺された聖獣は、手に入れる前にコタロウに捧げられる。

世話係も捕らえられてしまい、彼の口から自分のことがバレるのを恐れた母親は、暗殺者を雇い彼を殺した。

よく樹の精霊の目を掻い潜って殺せたものだと不思議だったが、コタロウが懸念した通り、その殺し屋は呪術を使えたようだ。

よくもまあ、都合良くそんな者を見つけられたものだ。

それに関しては本当にたまたまだったようである。

残念ながらその殺し屋を見つけることはできず、現在捜索中だが、その殺し屋と取引した契約書が見つかった。

そこにはご丁寧に呪術での殺害依頼と書かれ、血判までされていた。

そうして口封じをした母親は、最近聖獣に子供が生まれたことを知り、小さな聖獣ならより捕まえやすいのではないかと犯行に及んだのだ。

その誘拐を依頼されたのが、ギベオンである。

瑠璃達は聖獣を誘拐したギベオンから話を聞くことになった。

ギベオンに関してはどうやら光の精霊が関与しているとの本人からの訴えで、ジェイドと瑠璃も尋問の場に同席が許された。

未だ縄でグルグル巻きにされているギベオンは、不貞腐《ふてくさ》れたように床であぐらをかいている。

瑠璃達は椅子に座って尋問が始まった。

「お前のその服装。それはアイオライト国のものだな？」

アウェインの問い掛けに、ギベオンはツーンと顔を背《そむ》ける。

それを見てラピスが精霊達に願う。

「やっちまえ」

『はーい』

『やっちゃうぞー』

精霊達は嬉しそうにギベオンを囲み、全身くまなくくすぐり始めた。

「ぎゃあぁぁ！」

ギベオンが苦しんでいる間に瑠璃はジェイドに質問する。

「ジェイド様、アイオライト国って確か、少し前に滅んだ国のことでしたっけ？」

「そうだ」

「その国の服を着てるってことは、彼はその国の人ってこと？」

「どうなんだ？」

ジェイドが問い掛ければ、息も絶え絶えのギベオンが「そうだよ……」と答える。

「お前はモルガ家の側室とその娘の依頼により立ち入り禁止区域に侵入し聖獣を誘拐した。以上のことに相違ないな？」

アウェインは書類を片手につらつらとそこに書かれていることを読み上げて最後に確認する。

だが、ギベオンからは無言が返ってくる。

「………」

「答えないならまたやるぞ」

ラピスの脅しにギベオンはびくりと体を震わせる。

「本当ならもっときちんとした拷問《ごうもん》をしても良かったが、ここには女性がいるからこれで許してやるんだ。ちゃんとした拷問がお望みならそうしてやるが？」

にゃぁと笑ったアウェインとラピスは、その目つきの怖さも相まってさらに怖さが増している。

顔面凶器親子のコンビにギベオンの顔が青ざめる。

「そうだよ、その通りだよ！　これで文句ないだろ！」

「聞きたいことはそれだけではない。いったいどうやって聖獣をさらった？　この城と森は樹の精霊により守られている。そんな樹の精霊にすら気取《けど》らせずにお前は聖獣をさらってみせた。どうやったんだ⁉」

鋭い眼光を飛ばすアウェイン。

その問いにギベオンが答える前に光の精霊が口を挟んだ。

「その件に関しては私が説明する。どうやら私が関係しているようだからな」

『そういえばそんなこと言ってたわね。どういうこと？』

リンはパタパタと羽ばたき、光の精霊の周りをくるりと飛ぶ。

「あれは二十数年前だったか。私は滅びる前のアイオライト国にいた。当時セラフィの生まれ変わりを探していたクォーツについてその国を訪れた時、その国の王妃に少し世話になってな。礼をするのに何が良いかと問うたら、王妃は自分の子供に祝福が欲しいと言った。王妃はお腹に子を宿していたようでな。まあ、それくらいならばと、お腹の子に祝福をしてやったのだよ」

それのなにがギベオンに繋がるのか分からない瑠璃は首を傾げるが、察しの良いジェイドやアウェインは驚いたようにギベオンに視線を移した。

「まさか、その時の子というのが？」

「ああ、そこにいる男だ」

そこまでくれば瑠璃も理解する。

「えっ。ということは、彼は王子様ってこと？」

全員の視線を一身に浴びるギベオンは「はーい。そうでーす」と、場違いなほどに明るく答えた。

「まさか祝福を与えた子がそれを悪用しているとは思いもしなくてな。実際に会うまですっかりそのことを忘れていた」

光の精霊は少し困ったように息を吐いた。

「えっと、祝福って何？　私がコタロウやリンとしている契約とは違うの？」

瑠璃の素朴《そぼく》な疑問にリンが答える。

『契約は今さら話さなくても分かっているでしょう？　祝福は契約とは違ってその精霊の力の一部を貸し与えるのよ。祝福を受けた者はその力を使うことができるの。他にもその属性の力を使いやすくしたり、メリットはたくさんあるわ』

「へぇ」

『けど、なるほどね。どうりで樹のどころかコタロウの力でも見つけられないはずよ。光のの力で張った結界なら、精霊にすら察知されずに姿を消して侵入することができるもの』

「すごいだろう」

得意げに胸を張るギベオンの頭を、ラピスは苛立たしげにベシッとはたいた。

それはきっと全員の気持ちを代弁していたことだろう。

アウェインは頭痛がするようにこめかみを押さえた。

「なるほど、どうやったかは分かった。だが、アイオライト国の王子がどうしてこんなことをしている？」

滅んだ国とは言え、元王子がこんな罪を犯すなど、彼に何があったのか。

「だいぶ前に母国が滅んでさ、王族は両親含め隣国に処刑された。けど、俺だけはなんとか逃げ出すことができたんだが、それまで大事に育てられた箱入りの坊ちゃんだ。生きて行くにはそれなりに手を汚さなくちゃならなかった。何でもしたよ、生きていくためにさ。少し前までは海賊にいたなぁ。でもその海賊もつい最近竜族の船に返り討ちに遭ったとか言ってたっけか。俺ってむっちゃ運が良いよな」

それは霊王国に来る時に遭遇した海賊ではなかろうか。

瑠璃はジェイドと顔を見合わせたが、定かではない。

「仮にも王子だった者が海賊とは……」

アウェインも呆れている様子。

「行き当たりばったりなのは百も承知さ。でもさ、他にどんな生き方がある？　王になるための勉強は教えられたが、庶民としての生き方までは教えられなかった。どうしたら俺は正解だったんだ？」

どこまでも澄んだ瞳がアウェインを見据える。

「そうだな。少し軽率な発言だった」

アウェインにも、ここにいる誰にも、ギベオンの苦しみは分からない。

手を汚さなければ生きていけないほどに追い詰められていた者の気持ちを理解できるものはここにいない。

犯罪なんていけないのは当然だ。

だが、ギベオンにとったらそんな言葉は偽善でしかない。

衣食住に困らない生活をおくってきた者に何を言われても、ギベオンは微塵《みじん》も心を動かされないだろう。

しかしだ。

確かにギベオンの境遇には同情すべき点はある。

だが、聖獣を誘拐したという事実が消えるわけではない。

アウェインは少し迷っているようだ。

「我が国において、聖獣は精霊と同じぐらいに大事な象徴だ。その聖獣を誘拐した罪は重い。故に、お前は国外追放とし、二度と霊王国の地に足を踏み入れることは許さない」

その罰にはギベオンも驚いたようだ。

「本気か？　それって俺にはおとがめなしみたいなものだぞ？」

ギベオンは元々この国の人間ではないのだ。

霊王国から追放されたとて痛くも痒《かゆ》くもない。

「追って正式な沙汰を出す。それまでは牢にて反省していろ。連れて行け」

「はっ！」

ギベオンは信じられないような顔で兵士に連れて行かれた。

ギベオンがいなくなると、アウェインは疲れたように深い溜息を吐く。

「良かったのか？」

ジェイドが問い掛ける。

「今回は誰一人怪我人が出ていなかったからな。彼が前回の聖獣毒殺に関わっていたり、今回被害が出ていたら話は変わっていた。だが誘拐されていた聖獣も丁寧に扱われていたようで、また彼と遊びたいと乞われた時にはどうしたものかと頭が痛くなったぞ。それに、アイオライト国の王子というならなおさら下手に処罰はできない。国そのものは今はなくなったとは言え、アイオライトの国民は健在だ。霊王国がアイオライト国の王子を厳しく罰したら元アイオライト国民の反発が起こるかもしれない。ただでさえあの国は隣国に虐げられていて鬱憤《うっぷん》が溜まっているからな。国外追放ぐらいが落としどころだろう」

「そうか」

「今回は色々とこの国の問題に巻き込んでしまってすまないな。特にルリには迷惑をかけた」

謝るアウェインに、瑠璃は手を振る。

「いえいえ、ちょっと噂が立ったぐらいで私は問題ありませんよ」

「そう言ってもらえて助かる。今日は詫びも兼ねてたくさんの料理と酒でもてなしをさせてもらう」

「嬉しいですけど、できればセレスティンさんにはあんまりお酒を勧めないでくださいね」

セレスティンの酒癖の悪さを知る面々はクスクスと笑った。

第17話　新しい住人

四カ国の王と三人の愛し子で行われた食事会。

霊王国の問題も片付き、当初の目的である会談も終わったので、後は帰るだけだ。

それ故に多少羽目《はめ》を外すことは予想されたのだが、瑠璃の嫌な面での予想は当たり、酔ったセレスティンに絡まれていた。

「今からでも遅くありません。私にジェイド様の竜心を渡しなさい！」

「いや、無理ですって。もう飲み込んじゃいましたから」

「吐くのです！」

「そんな無茶な」

グビッと持っていたグラスの酒を流し込み、次の酒を注ごうとしているセレスティンを見て、瑠璃は止めに入る。

「ほらほら、飲み過ぎですよ、セレスティンさん」

無理やり酒瓶《さかびん》を奪うと、さらにセレスティンは絡んでくる。

「返しなさい！　私からジェイド様だけでなくお酒まで奪うのですかぁ！」

「目が据わってるー！　はい、これ！」

差し出したお水をセレスティンは素直に受け取ってちょっとずつ飲み始めた。

「このお酒味がないです」

「最近流行《はや》りの新しいお酒ですよー」

そう言って誤魔化したら納得して飲み続けた。

少し大人しくなったのでホッとしていると、瑠璃達のやり取りを笑って見ている二人がいる。

「ジェイド様も獣王様も止めてくださいよ」

「俺は普段、散々面倒見てるんだから今日ぐらい許せ」

「私が入ったら余計にセレスティンは騒ぐだろう？」

そう言って助けようとはしない。

他を見ると、アデュラリアは大人らしく静かにお酒を嗜《たしな》んでいる。

その一方、セレスティンと同じように酒に酔ったラピスは気分が良くなって裸になろうと服を脱ぎ始めているのを、父親であるアウェインが叱りながら止めているところだ。

「脱がせろ～！」

「止めんか、馬鹿息子！」

あちらも大変そうで、瑠璃はアウェインの気持ちがよく分かる。

「ルリは飲まなくてもいいのか？」

「今日は止めときます。明日朝早く町へ出る予定なので」

「聞いてないぞ」

ジェイドは眉をひそめた。

「そうでしたっけ？　竜王国でお留守番の皆にお土産買いに行くんですよ。ちゃんとユアンが付いてきてくれるので大丈夫です」

「そこは普通、旦那である私を連れて行かないか？」

「だってジェイド様は色々と忙しそうだし。まだ船についての交渉が残ってるんでしょう？」

セラフィが作った魔法具の船。

その船の売買に関する霊王国と帝国との交渉が明日に控えていた。

瑠璃としては気を使ったつもりなのだが、ジェイドは不服そうだ。

「ちゃんとジェイド様のお土産も買ってきますから」

「そういうことではない」

「ルリさん！　またジェイド様とイチャイチャとぉぉ！」

「あー、はいはい。新しいお酒ですよ～」

お酒と言いつつ水を渡す。

そしてまたちょびちょび飲み始めるセレスティン。

瑠璃はジェイドの機嫌を取りつつ、セレスティンの世話をしながら夜は更《ふ》けていった。

翌日、瑠璃は精霊とユアンと数名の護衛を連れて町に出た。

城を出る時に一応セレスティンとラピスに声を掛けたが、二人とも二日酔いでベッドから起き上がれないもよう。

やはり昨日お酒を飲まなくて良かったと瑠璃は思った。

たくさんの店を見て回り、お土産をいっぱい買い込んだ瑠璃は満足げに城へ戻ると、これまた満足そうなジェイドとクラウスとフィンが待っていた。

ユアンは一目散にフィンに駆け寄り、先程購入したお土産を渡している。

相も変わらずブラコンなユアンである。

「ご機嫌ですね、お二人とも」

「おかえり。ルリ」

「ただいまです。その様子だと交渉は上手《うま》くいったんですか？」

「ああ。とりあえず、霊王国と帝国に十隻の船の依頼を受けた」

「へぇ、すごいですね」

感心する瑠璃に、クラウスが話す。

「それだけではなく、当初の予定通り、帝国の貴族には値段を下げる代わりに竜王国の愛し子への接触禁止を求めて了承させました。今後瑠璃に近付いては来なくなるでしょう」

「それは助かります。貴族の人から色々とねだられても私じゃあどうすることもできませんし、貴族相手にどんな対応したらいいかとか分からないですから」

「ちゃんと苦情も言っておきましたよ。そちらのせいで一人の愛し子が行方不明になったと」

決してベリルは行方不明ではないのだが、そう言った方が苦情も言いやすいのだろう。

貴族の申し入れがきっかけでベリルが出て行ったのは事実なので嘘は言っていない。

けれど、どこかすっきりとしたジェイドとクラウスを見るに、かなりの勢いで責め立てたことだろう。

少し相手を不憫に思った。

そうして、霊王国ですべきことを全て終わらせた竜王国一行は、行きと同じく船で帰途につくことになった。

港から見える大樹を目に焼き付けてから、瑠璃は船に乗り込んだ。

帰りは海賊も現れず平和そのもの。しかし……。

「また会えるなんてもうこれは運命だね。君もそう思うだろう。きっと、俺達は前世から巡り会うべくして出会った運命の相手なんだ」

そう言って瑠璃の手を握るギベオンに瑠璃は現実逃避をしたくなった。

「どうしてここにいるの？」

「それはもちろん、俺達が運命で繋がっているからさ」

「そうじゃなくて、国外追放は？」

「うん、だから現在進行形で国から出てるじゃんか」

「いや、まあ、確かに」

竜王国に向かっているのだから、確かに霊王国の国外には出ている。

「まさか竜王国に来るの？　なんでまた」

「竜王さんから一緒に国に来ないかって誘われてさ。俺も特に行くところなかったから。それにあんなに熱烈に口説かれたら俺も悪い気しないしぃ、竜王国にはルリがいるって気が付いたんだ。つまり、旦那公認の君の愛人ってことだよな」

「違ーう！」

瑠璃の手を握っていたギベオンの手を手刀《しゅとう》で叩き落としたのは、ギベオンを誘ったジェイドだ。

ジェイドはギベオンを射殺しそうな目で睨み付けた。

「私は行くところがないならば、うちに来たらどうかと提案しただけだ。熱烈に口説いてもいないし、断じてルリに触れることを許した覚えはない！」

「いいんだよ、恥ずかしがらなくて。竜王さんの気持ちはじゅうぶん受け取ったから。けど、俺は女の子が好きなんだ。ごめんな」

「ちょっと待て。お前はどんな勘違いを起こしているんだ！　私にはルリという妻がいるんだぞ！」

「安心してくれ。ルリの愛人として立派にルリを癒すから」

「ふざけるな！」

堪忍袋の緒が切れたジェイドがとうとう剣を取り出してしまった。

ジェイドが振り下ろした剣をギベオンがひょいっと避ける。

「ルリだけじゃなくて竜王さんも相手してほしいの？　俺ってば男にも惚れられちゃって、罪な男だよ、ほんと」

おちょくるように鏡を取り出して自分をうっとり見つめるギベオンを見て、ジェイドのこめかみに青すじが浮かぶ。

「……殺す」

そこからは「落ち着いてください、陛下！」とフィンが止め、「からかうのは止めなさい、ギベオン！」とクラウスがギベオンを叱り付ける。

揉み合いになっていると、ジェイドの剣がギベオンに向かって飛んでいった。

「あっ、危ない！」

大怪我ではすまないと瑠璃は焦ったが、剣はギベオンに当たると弾き飛ばされた。

呆気にとられる一同に、ギベオンはひょうひょうと言う。

「俺には光の精霊の祝福があるから、結界張ればこれぐらいじゃ怪我しないんだよねぇ」

陽気に答えるギベオンを見て、ジェイドは凶悪な笑顔を浮かべる。

「なるほど。では存分に遊んでやるとしよう。死ぬなよ」

落ちた剣を拾ったジェイドは剣を構えると、飛び掛かった。

「えー、無理無理無理。やだー！」

顔を引き攣らせて逃げるギベオンと、追うジェイド。

フィンとクラウスは止めることを諦めたようだ。

と、そんな感じで、なんとも賑やかな帰り道だった。

竜王国の城に戻ってきた瑠璃は、ジェイドとギベオンと共にユークレースの執務室を訪れた。

「おかえりなさいませ、陛下。ルリもおかえり」

「ただいま帰りました。はい、ユークレースさんにお土産です」

霊王国で人気の口紅を渡すと、ユークレースは嬉しそうに受け取った。

「ありがとう」

にっこりと微笑むユークレースは、眩《まぶ》しいほどに美人だ。

そんな美人を前に、ギベオンが心動かされぬはずがなかった。

ユークレースの前で跪き、キリッとした顔でユークレースの手を取る。

「はじめまして、綺麗なお姉さん。竜王さん公認、ルリの愛人ギベオンです。でも、お姉さんなら俺は恋の奴隷《どれい》になってもいいです」

「……ルリ、あなたまた変なの持って帰ってきたわね」

呆れた眼差しを向けられるが、そんな目を向けられても瑠璃も困る。

「今回は私じゃなくてジェイド様ですよ」

文句ならジェイドにと指を差す。

「陛下が？」

ジェイドは苦虫をかみつぶしたような顔をする。

「少し血迷ったようだ。できれば返品したいが、この者は霊王国を国外追放になっていてそれもできない」

「国外追放って彼は何をしたんですか？」

そこから、霊王国での事件のあらましを説明して、どうして国外追放になったかの経緯と、ジェイドが同情して勧誘したことを話した。

「陛下、いくら元王子とは言え、犯罪者を連れてくるのは軽率だったのでは？」

「ああ。今心の底から後悔している」

散々な言われように、ギベオンは手で顔を覆い嘆いた。

「ひってぇ。俺だってそんな生き方したかったわけじゃないのに」

泣いているように見えるが、涙が出ていないのは全員が分かっている。

だが、確かに同情すべき点はなくはない。

「まあ、本人は反省しているようなので、城で雇ってあげてくれませんか？」

城でと言ったのは、外に出して問題を起こされては困るからである。

決してギベオンを信用してではない。

しかし、ギベオンは瑠璃の言葉に大袈裟に喜ぶ。

「ルリ！　やっぱり俺の運命の人。しっかりルリの愛人として頑張るから任せてくれ」

そう両手を広げて瑠璃を抱き締めようとしたのを、すんでのところでジェイドが阻止《そし》する。

「私がいながらルリに愛人など必要ない。そんなもの許すはずがないだろう！　お前はユークレースのところで雑用でもしていろ！」

「えー。俺はルリの愛人がいい～」

「駄目だ！　ルリは私のものだ」

「独占欲の強い男って嫌われるって言うよ？　愛人の一人ぐらい許す甲斐性《かいしょう》がないとさ」

「そんなものいらん！」

ジェイドがここまで他人に敵意むき出しなのも珍しい。

基本穏やかで平和主義なのだが、番いへまとわりつく虫にはその平和主義は適用されないらしい。

とりあえず離してほしいなと、ジェイドにぎゅうぎゅうと抱き締められている瑠璃は思った。

結局、ギベオンはユークレースのところで引き取られることに決まった。

ギベオンは最後まで文句を言っていたが、綺麗なお姉さんと一緒に働けるのでまんざらでもない様子。

その綺麗なお姉さんが、実は男だということはしばらく黙っておこうと瑠璃は決めた。

知ったら一気にやる気をなくしかねない。

そうして半ば押し付ける形でユークレースにギベオンを託した瑠璃は、ジェイドの執務室に移動した。

そこにはクォーツが代わりに座って王の仕事をしていた。

「おかえり、ジェイドにルリ」

「留守の間ありがとうございました、クォーツ様」

ジェイドは、不在の間仕事を肩代わりしてくれていたクォーツに礼を言う。

「光の精霊が突然霊王国に行くって言うからびっくりしたけど、そちらは大丈夫だったのかい？」

「ええ。おかげで解決しました」

「それは良かった。だけど、ルリは愛人を連れ帰ってきたんだって？」

その顔はからかう気満々の笑顔だ。

一方のジェイドの機嫌は下降していく。

誰から聞いたんだと思ったが、部屋にはすでに戻ってきていたらしい光の精霊がソファーでお茶を飲んでいる。

どうやら瑠璃達がユークレースのところで話をしている間に、クォーツは光の精霊からある程度のことを聞いていたようだ。

「面白い拾いものをしたね。私も後で挨拶に行こうかな」

「全然面白くありませんよ」

「けど、ルリはまんざらでもなかったりしてね」

ははは と冗談で笑うクォーツだが、ジェイドは違う。

「そう言えばルリはああいうのがタイプだと最初に言っていたな」

じとっとした眼差しは瑠璃を責めているよう。

「ああ、それはいけないね。ちゃんとそういう時はじっくり話し合った方がいい。寝室で」

クォーツのアドバイスに、ジェイドは頷く。

「なるほど。話し合いですか……」

何故か身の危険を感じ、じりじりと後ろに下がる。

「いやいや、ジェイド様。同調が終わるまで触るの以外なしですよ」

「そうだな……」

逃がさぬように瑠璃の手をジェイドが握ると、温かいものが流れてくるのが分かる。

これは同調のために魔力を流しているんだなと分かったが、なにやら今回は様子が違う。

胸の奥が熱く熱を持ち、ぎゅっと一カ所に集まるような感覚がする。

思わずうずくまる瑠璃に、ジェイドが焦る。

「ルリ、どうしたんだ?」

「おや、これはもしかして……」

クォーツだけは訳知り顔で落ち着いている。

すると、瑠璃を襲う熱は急に冷めていった。

まるでなにごともなかったかのようにケロリとする瑠璃にジェイドは安堵の顔を見せ、瑠璃も何が何だか分からない顔をする。

そんな中でクォーツは突然の拍手をする。

きょとんとする二人にクォーツは言った。

「おめでとう、ルリ、ジェイド。どうやら同調が終わったようだね」

「今のがそうなんですか?」

「体のどこかに証が出ているはずだよ」

「どこか?」

瑠璃は手や顔をペタペタと触っていると、ジェイドが瑠璃の首筋を指で触れた。

「ルリ、ここだ」

瑠璃が触れると、固い感触がする。

空間から手鏡を出して見てみると、ジェイドの瞳の色と同じ、鱗《うろこ》が瑠璃の首にくっついていた。

「竜心と同じ鱗が体のどこかに浮かび上がることが同調が完了した証だ」

「へぇ、これがそうなんですか」

感心して見ていると、瑠璃は急にジェイドに抱き上げられる。

驚き目を丸くする瑠璃に、ジェイドはそれはもういい笑顔を浮かべる。

「確か、同調が終わればキスしてもよかったんだったな？」

瑠璃はとてつもなく嫌な予感がして顔を引き攣らせた。

「クォーツ様。もうしばらく王の代行をお願いします」

「いいよ。任された」

クォーツはグッと親指を立てて満面の笑み。

ジェイドもそれに答えるような笑顔で、瑠璃を抱きかかえたまま私室へと消えていった。

後日解放された瑠璃は、ジェイドにヤキモチは焼かせまいと心に刻んだのだった。

エピローグ

「酷い目にあった……」

瑠璃がようやくジェイドから解放された後には、すでに瑠璃の同調が終わったことが城中に伝わっており、アゲット達お年寄りがハッスルしていた。

これは祝わねばと、勝手に城でのパーティーを決定して準備を進め、数日後には盛大なお祝いが行われた。

瑠璃としたら恥ずかしいことこの上ない。

だが、テンション爆上がりのお年寄り達の暴走を止めることは誰にもできなかった。

観念して帰って早々お年寄り達主催のパーティーに参加すれば、方々からおめでとうと祝われる。

同調を終え、これで瑠璃も竜族の仲間入りを果たした。

老いも緩やかになり、体も竜族ほどではないが人間よりも強くなったようなのだが、瑠璃自身はまだ実感はない。

これから少しずつ感じてくることになるのだろう。

「ルリー！」

ユークレースに呼ばれて向かえば、一通の手紙を渡される。

「ベリル様からよ」

「おじいちゃん？」

急いで手紙を開けば、そこには写真が一枚だけ入っていた。

どうやらこっちにインスタントカメラを持ってきていたようだ。

写真には、どこかの海でカイと一緒に笑顔のベリルが写っている。

魚釣りをしていたのか、その手にはベリルをひと飲みしそうなほど大きな魚を抱えている。

どうやらベリルはこっちの世界を大いに満喫しているようだ。

「良かった。おじいちゃん元気そう」

「良かったじゃない。ベリル様のことは私達も配慮が足りなかったと心配していたから安心したわ。それと、ギベオンだけど、彼かなり即戦力だったわ。さすが滅んだとは言え元王子ね。国の運営に関する帝王学をちゃんと教え込まれていたんでしょう。一を言ったら十で返してきて私もびっくりだわ。なんであれだけのことができて犯罪に手を染めながら生きていたのか分からないわね。まあ、まだ信用できるかどうかのお試し期間中だから、そう重要なことは任せられないけれど、いい拾いものだったわ」

そう言って去って行ったユークレースを見届けると、次にパーティーに参加していた両親を見つけ、写真を持って近付いた。

ベリルの写真を見た二人は揃ってクスクスと笑い、ベリルが楽しんでいるのを見て嬉しそうな顔をする。

「正直言うと、私達のような魔力持ちにはあちらの世界で生きるのは窮屈すぎたわ。見えないものが見える。目に見えない力が使える。それを隠して生きるのは大変なことだった。お父さんにとったら解放されたような気持ちなのでしょうね。私も同じ気持ちよ。だから瑠璃もあまり気にすることはないのよ」

母親の顔で瑠璃の頭を撫でるリシアは、瑠璃が感じていた負い目を分かっている様子。

自分がこの世界に来てしまったために家族を巻き込んでしまったのではないかと。

そんな気持ちがないかと言われたら嘘になってしまう。

しかし、この写真に写っているベリルの笑顔を見ると、そんなこと気にしている方が馬鹿らしくなりそうなほどに、ベリルも、そして両親もこの世界を楽しんでいた。

それでもやはり……。

「ごめんね」

そう謝るのは、巻き込んでしまった家族へのけじめだ。今さらすぎではあるが。

ベリルに直接謝れなかったのが申し訳ない。

けれど、きっとそのうち帰ってくるだろう。

両手に抱えきれないほどの土産話を持って。

その時には瑠璃にも子供ができているかもしれない。

きっとベリルなら全力で子供と遊んでくれるだろう。

その光景が見えるようで、楽しみで仕方がない。

「私はここに来て良かったと思っているわ。この世界に新しい服の革命を起こすという使命ができたんですもの。瑠璃も手が空いたら手伝いに来てね。瑠璃ならモデルとして働いてくれても構わないわ」

「リシアのお店は、最初こそ人が来なかったんだけど、今ではコアなファンが付いて大忙しみたいなんだ。従業員の手が足りないぐらいにね」

琥珀が教えてくれたリシアのお店の経営は予想以上に順調なようだ。

「ひー様も手伝ってるんでしょ？」

「ええ、そうよ」

「真面目にやってるの？」

瑠璃は疑いの眼差しだ。

そもそもが精霊。労働などとは無縁の世界で生きている、人とは違う常識の中で動く存在。

しかも、女のことしか考えていないひー様が真面目に労働するとは思えない。

現に今も、給仕の女性を口説いている最中だ。

そこへギベオンも加わり、なにやら話し込んでいたかと思うと、ギベオンが「師匠《ししょう》と呼ばせてください！」と言って舎弟《しゃてい》になっている。

ひー様はまんざらでもないようで、「よかろう」などと偉そうにふんぞり返っている。

同じ女好き同士、どうやら気が合うようだ。

「ひーちゃんもちゃんと仕事してるわよ。モデルをして宣伝活動にも励んでくれてるわ」

あの俺様ひー様をここまで手のひらで転がすとは……。

「お母さん、ひー様の弱味でも何か握ってるの？」

「うふふ」

リシアは意味深に笑うだけで答えてはくれない。

結局、その辺りのことは謎のまま過ぎ去るのだった。

両親から離れた瑠璃にはたくさんの人がお酒を勧めてくる。

瑠璃の祝いだと言っているが、ただお酒が飲みたいだけのような気がするのはきっと気のせいではない。

瑠璃に勧めておきながら、それ以上の酒をあおっているのだから、どちらがメインのパーティーなのか分からない。

だが、皆が楽しそうにしているのを見ると、瑠璃も楽しくなってくる。

少々お酒を飲みすぎてふらふらとしてきた瑠璃は、酔いを覚ますために庭へ行く。

肌を撫でる風が気持ちいい。

潮の匂いのする空気を大きく吸って吐き出した。

遠くでは人々の話し声や笑い声が聞こえる。

その声を背に、瑠璃はそこから移動した。

やって来たのはジェイドの執務室。

ノックの後、扉を開けて入れば、ジェイドが仕事をしていた。

「ジェイド様はパーティーに行かなくて良かったんですか？」

「私でしか決裁できない仕事が溜まっていたからな。それにあれは私達を理由に騒ぎたいだけだ。竜王国の民は祭りやパーティーが好きだからな。竜族は特に」

「確かに、皆ジェイド様がいないのにも気付かずにお酒を飲んで大騒ぎでしたね」

「城を壊さないなら問題ない」

「それは難しいんじゃないですか？」

酒を飲むパーティーを行うと、必ずと言っていいほど竜族が暴れて城を破壊する。

そして、翌日二日酔いのままでいたるところで修繕作業が行われるのが恒例だ。

きっと今頃どこかの壁が破壊されている頃かもしれない。

「そう言えばジェイド様が酔って暴れたのは見たことないですね」

「当然だ。竜王が酔って暴れたら誰が止めるんだ」

「ごもっとも」

なにせ竜王は竜族の中で最も強い者がなるのだから。

竜族複数人で取りかからなければ押さえ込めないだろう。

しかし、そんな王など見たくない。支持率が一気に落ち込みそうだ。

それで言うなら愛し子が酒乱なのも問題なのではないかと思う。

セレスティンにはぜひともイメージに気を付けてほしいものだ。

ラピスは普段からアウェインに怒られている姿をよく見るので、周囲への影響はそんなになさそうだから問題ないだろう。

自分も気を付けようと瑠璃は思った。

書類を捌《さば》いていたジェイドはペンを置く。

「もう終わりですか？」

「いや、少し休憩だ」

ジェイドは立ち上がると瑠璃の手を取ってソファーへ移動し、テーブルに空間から取り出したサンドイッチのような軽食を置いていく。

どうやらパーティーに参加する気のないジェイドのために食事があらかじめ用意されていたようだ。

ジェイドは瑠璃を膝の上に乗せる。

当然のように定位置となっている場所は、猫の姿なら良いのだが、人間の姿だとジェイドの顔が近いので少し恥ずかしい。

「ほら、ルリ」

一口サイズのサンドイッチを手にしたジェイドは、自分で食べるのではなく先に瑠璃の口へ持っていく。

それをパクリと食べた瑠璃を満足そうに見つめ、瑠璃の髪を耳にかけ後ろに流した。

露わになる首筋に見えるのは、同調の証であるジェイドの瞳のような鱗だ。

ジェイドはゆっくりと顔を近付け、愛おしげにそこにキスをした。

確かめるような長い口付けが終わると、再び瑠璃を見つめ、鱗をそっと指でなぞる。

「ジェイド様はそこばっかり触ってますね」

同調が終わってからというもの、ジェイドは浮き上がった鱗を何度となく確認するように触れている。

「これで本当の意味でルリが私のものになったという印だからな」

ジェイドの顔は本当に嬉しそうで、それを見てしまっては瑠璃も何も言えなくなる。

「そうだ。おじいちゃんから写真が送られてきたんですよ」

瑠璃は両親にも見せた写真を渡した。

「ルリの世界には便利な道具があるな。似たようなものが作れないものか……」

「セラフィさんに頼んだら作ってくれるかもしれませんよ」

「うーん。あまりセラフィ殿を忙しくするとクォーツ様からの視線が痛くなるからな」

「クォーツ様もセラフィさん大好きですからね」

「竜族の男とはそういうものだ。ルリも諦めろ」

「はーい」

もうすでに諦めている。というよりは、受け入れていると言った方が正しいかもしれない。

「それにしても、ベリル殿は随分楽しそうだな」

「カイもですね。旅行感覚で旅を楽しんでいるようで良かったです。まあ、おじいちゃんならどこでもやっていけるでしょうけど」

最初は書き置き一つでいなくなって驚いたが、落ち着いて考えれば、そこまで悲観するようなことがベリルには一つもないことに気が付いた。

愛し子であり、カイがいて、アンダルもいる。

なので、あまり心配はしていなかったが、こうして無事な姿を実際に見るのとでは安心感が違う。

「おじいちゃんも満喫してるようですから、ジェイド様もあまり気にしなくていいですよ」

ベリルが出て行ったことで、ジェイドが責任を感じていたのは分かっていた。その矛先が帝国の貴族へ向かったのはちょっと八つ当たりもあったかもしれない。

けれど、気にする必要はない。こんなにも写真のベリルは楽しそうなのだから。

「そうだな。帝国の貴族にも責任は取らせたし、ベリル殿が気にしていないようならそれでいいのかもしれない」

「そうそう。そのうちひょっこり帰ってきますよ。お母さんもなんだかんだで楽しんでいるようなので、私も気にしないことにしました」

「そうか」

瑠璃は一拍おいて呟いた。

「……同調したことで、私は両親やおじいちゃんとは違う時間を生きることになったんですよね……」

「……そうだ。後悔しているか？」

瑠璃は首を横に振った。

「寂しい気持ちはあります。けど、おじいちゃんとかお母さんとか、今を存分に楽しんでる人の姿を見たら、私も先のことじゃなくて、今を楽しもうって思いました。この先後悔したくないから」

「そこにコハク殿を入れなくていいのか？」

瑠璃は小さく笑った。

「確かに。……けど、お父さんはお母さんに振り回されてるのが好きなので、お母さんが楽しければ問題ないと思います」

いつか来る別れの時。けれど、後のことは後で考えて、今を楽しみたい。

「以前にも似たようなことを言ったことがあるが、もう一度誓おう。私はルリの両親の分もルリの側にいる。ずっと、死ぬその時まで」

そう言ってジェイドはきゅっと瑠璃を抱き締めた。

瑠璃もジェイドに腕を回した。

「私も、ずっとジェイド様の側にいます」

その誓いはきっと果たされるだろう。

二人がそれを疑わぬ限り。

そっと二人の顔が近付き、心が満たされるようなキスを交わす。

その時。

ドーンと大きな音が鳴った。わずかに床が揺れる。

がっくりと肩を落とすジェイド。

「とうとうやらかしたな……」

どうやら誰かが城を壊したらしい。

「仕方がない」

ジェイドは瑠璃を膝から下ろし立ち上がる。

「様子を見に行くんですか？」

「竜族が暴れていたら止める者がいるからな」

「ふふふっ。大変ですね王様は」

「とっとと誰かに押し付けてルリとのんびり過ごしたいものだ」

「それナイスアイデアですね。ジェイド様が王様辞めたら、チェルシーさんの家の横に新しく家を建てて二人で暮らしましょうか」

「それも悪くないな」

「じゃあ、今度チェルシーさんの所に行って、家を建てられそうな場所を探しに行きましょう！」

「チェルシーの迷惑そうな顔が目に浮かぶな」

そんな未来の話をしながら、二人は手を繋いで笑顔で部屋を後にした。

番外編　子供の頃の話

「ほう、これがルリの幼い頃か」

「どうです、我ながら可愛いでしょう?」

自画自賛《じがじさん》する瑠璃とジェイドの視線の先には、両親が向こうの世界から持ってきたアルバムがある。

そこには瑠璃が生まれたばかりの赤ちゃんの頃からの写真がたくさん貼ってある。

それを瑠璃とジェイドはベッドに寝転がりながら肩を寄せて見ていた。

今よりも薄い白金色の髪に幼い顔立ちをした小さい頃の瑠璃はまさに天使のごとく可愛い。

決して自画自賛ではなく、はた目から見てもその評価を得られるだろう。

まあ、赤ちゃんというのは、どの国どの人種にかかわらず可愛いものだが。

両親に抱かれて写っている写真からは幸せいっぱいな空気が伝わってくる。

この後にあさひという不幸が待っているとは考えもしていない顔で笑っている。

きっとタイムマシンがあったなら瑠璃は過去の両親に土下座して引っ越しをお願いしたことだろう。

それほどに、幼少期からチェルシーに出会うまでの間は不幸の連続だった。

写真を見ていたジェイドもそれに気が付いた。

「む、この頃のルリは髪が黒いのだな」

ジェイドが見ているのは不貞腐れた顔で黒いかつらをつけた小学生の瑠璃である。

「そうなんですよ。のっぴきならない事情でそういうことに。しかもこの頃からすでにイジメとかもありましたからねぇ。登校拒否しようにも毎日あさひが家まで迎えに来るから逃げるに逃げられず。まあ、私も負けず嫌いだったので」

「ルリも幼少期は大変だったのだな」

その言い方に引っ掛かりを覚える。

「も？　ジェイド様もイジメられてたんですか？」

そんなはずはない。

なにせ竜王とまでなった竜族最強の男だ。

子供の頃とは言え当時から相当強かっただろう。

しかし、そんな瑠璃の予想をくつがえし、ジェイドは苦笑交じりで肯定《こうてい》した。

「ああ。それはもう毎日のように泣かされていたぞ」

その言葉には瑠璃もびっくりする。

「えっ、本当ですか⁉　冗談じゃなく？」

「ああ。イジメられては、クォーツ様に泣きついていたな」

ジェイドは懐かしそうに笑みを浮かべる。

「へえ、ジェイド様にそんな時が……」

そう言われてみたら、瑠璃はジェイドの昔の話を聞いたことはなかったなと思う。

「ジェイド様の子供の頃はどんな感じだったんですか？」

「私の子供の頃か？」

「よく泣かされてたってどんな子供だったんですか？　その頃からクォーツ様といたんですね」

「そうだなあ、一言でいうのは難しいが……」

ジェイドは昔のことに思いを馳《は》せる。

🐾 🐾 🐾 🐾

ジェイドは竜族の子供では珍しく体の弱い子供だった。

同じ年頃の子と比べても頭一つ身長も低く、性格も控えめ。

しかし、それに反してとても強い魔力を持っていた。

それはジェイド自身が制御《せいぎょ》できないほどの魔力量で、度々魔力の暴走を起こしていた。

そんなジェイドを、ジェイドの両親は持て余してしまっていた。

もともと竜族は放任主義だが、魔力の暴走を起こすジェイドには大人の手厚い庇護が必要だったのだ。

けれど両親はジェイドをきちんとフォローするどころか、放置気味であった。

それでも育つ強さを持つのが竜族だが、年を重ねるごとに魔力を増していくジェイドに、とうとう両親もお手上げ状態だった。

両親を責めるのは簡単だが、両親も自分達よりも強い魔力を持つジェイドをどうしていいか分からなかったのだ。

肉体の強い竜族はそれだけで魔力に耐えられるだけの体力もあるもので、ジェイドのように魔力を暴走させる者は竜族の中でもまれだった。

両親は悩んだ末に、ジェイドの養育を当時の竜王であるクォーツに任せることにしたのだ。

クォーツは魔力の操作がうまいことで有名だったからである。

こうして城で生活するようになったジェイドは、当初誰にも心を許さなかった。

子供ながらに、親に捨てられたという認識がジェイドを内に籠《こも》らせていた。

そんなジェイドに根気よく話しかけ続けたのがクォーツである。

ジェイドは次第に心を開いていった。

ある日、ジェイドは同年代の子供達にイジメられて、ボロボロの姿で帰ってきた。

魔力が多く強いと言っても、体自体は小さく弱いジェイドが、竜王であるクォーツの側にいることに不満を抱く子は少なくなかった。

竜王とは最も強い存在。

子供にとったら憧れの的なのだ。

そんなクォーツに世話を焼かれている弱いジェイドをやっかんで、憂《う》さをはらすようにジェイドへとその矛先を向けることが何度となくあった。

その度に泣かされ帰ってくるジェイドを、クォーツは苦笑を浮かべつつ迎えてくれる。

「ジェイドもやり返してみたらどうだい？」

「無理です。だって、あいつら複数でやってくるんだ」

「一対一ならできるのかい？」

「……それは……無理。俺弱いし」

涙でぐしゃぐしゃの顔でジェイドは否定する。

「ジェイドは決して弱くはないんだよ」

「お世辞《せじ》はいいです。余計虚しくなるから」

「お世辞じゃないんだけどなあ。ジェイドほどの魔力、使いこなせさえすれば、イジメっ子にやり返すどころか、私を倒して竜王になるのも夢ではないかもしれないよ？」

ジェイドは物凄《ものすご》く疑いの強い眼差しでクォーツを見る。

「その目は信じてないね。よし、じゃあ、私の特訓を受けてみないかい？」

「特訓？」

「もともと、ジェイドが私に預けられたのは魔力の扱いを教わるためだしね。ジェイドもだいぶ城での生活に慣れてきただろうし、そろそろ力の扱い方を教えようと思っていたところなんだよ。どうだい、やってみる？」

「特訓したら強くなりますか？」

「もちろんさ。イジメっ子に負けないぐらい強くしてあげるよ」

ジェイドは少し悩んだ末、頷いた。

「やります。お願いします」

「よーし、分かった。明日から特訓だ」

そこから、地獄の特訓が始まる。

当初、いつも穏やかな笑顔を浮かべるクォーツを優しいお兄さんと思っていたジェイドだが、訓練が始まるとすぐにそんな幻想は崩れ去った。

虫も殺さないような笑顔で、エグイ特訓メニューを課すクォーツに、ジェイドは毎日半泣きであった。

いや、半泣きではすまない。マジ泣きである。

同年代の子供達のイジメが可愛らしく感じるほどのきつい訓練。

あんなぐらいで泣いていた自分が恥ずかしくなるほどだ。

今ならあの程度のイジメ笑って許せると、ジェイドは心の中で訓練をすると言ったことを激しく後悔していた。

ボロボロで地面に倒れているジェイドに、クォーツは笑顔で楽しそうに声を掛ける。

「ほら、ジェイド。寝てないでもう一回だよ～」

鬼だ。鬼がいる……。

このまま死んだふりをしようか。

そんな馬鹿なことを考えてしまうほどには疲れ果てている。

「早く起きないと、メニュー追加しちゃうよ」

ジェイドは光の速さで起き上がった。

そして地獄の特訓が再開されるのであった。

辛《つら》い、辛すぎる特訓だ。あまりの辛さに逃げ出すこともあったが、すぐに捕獲され通常メニュー以上の特訓が追加されるので、学習したジェイドは泣きながら特訓と向き合うしかなかった。

しかし、そのおかげか、以前ほど魔力が暴走することもなく、体も強くなっていた。

まあ、あれだけしごかれてなんの成果も見えなかったら心がぽっきり折れていたことだろう。

だが、成果を実感できたことで、ジェイドのやる気も奮い立った。

そんなある日のこと、その日もクォーツから課されたメニューをこなしていると、数名の男の子達がやってきた。

彼らはこれまで幾度となくジェイドをイジメてきた者達だ。

以前のジェイドならば、彼らの姿を見ただけで怯えていただろうが、今のジェイドは違う。

それよりも辛い訓練を知ってしまったのだから。

「なんだ？」

これまでと違い、強い眼差しを向けるジェイドに、彼らは気圧《けお》される。

けれど、彼らにもプライドがあるのだろう。

ジェイドから発せられる威圧を前に踏ん張った。

「お、お前生意気なんだよ！」

「何が？」

ジェイドの目は酷く冷めている。

イジメられてはクォーツに泣きついていた少し前のジェイドからは考えられない様子だ。

「弱いくせに、陛下に目を掛けられやがって。陛下は弱いお前に同情しているだけだ。陛下に訓練を受けているみたいだがな、そんなのでお前が強くなれるわけないだろう！　陛下のお手を煩わせるんじゃねえよ！」

そう言って、彼らの中のボス的立ち位置にいる少年が殴《なぐ》り掛かってきた。

以前ならそれを受けて殴り飛ばされていただろう。

けれど、地獄の特訓を受けたジェイドは、その手を難なく避けた。

「うわっ」

まさかジェイドが避けるとは思っていなかったのだろう。少年は勢いそのままに地面に倒れ込んでしまった。

これには他の男の子達も息を呑む。

地面に倒れた少年は顔を真っ赤にし、恥ずかしさを隠すようにジェイドに怒鳴った。

「何しやがる！」

「いや、俺は何もしていないが？」

勝手に転んだんだろうと言うと、少年はさらに顔を赤くする。

「生意気だ！」

「そうだ、生意気だぞ。弱いくせに」

「陛下は俺達の憧れなんだ！」

「陛下は凄い人なんだ。強くて、優しくて、気高くて」

「……いや、お前達は騙されている」

少し前のジェイドも似たように思っていた。

クォーツをとても優しい人だと。

だが、地獄の特訓を受けた後では、彼を優しい人などとは意地でも言いたくなかった。

「あの人は鬼だ。鬼軍曹《おにぐんそう》だ。見た目に騙されるな」

彼らの幻想を壊すのは忍びなかったが、どうしても黙っていられなかった。

しかし、クォーツの見せかけしか知らない彼らは聞き入れようとしない。

「そんなわけないだろう！」

「陛下に世話をしていただいておきながら無礼だぞ！」

「いい気になるなよ。手取り足取り優しく教えていただいてるからって、お前があの方の特別なわけじゃないんだからな」

「優しくだと？」

これにはジェイドも黙ってはいられない。

あの特訓を優しいなんて言われたら、ジェイドは立ち直れない。

ジェイドはボスの少年の胸倉《むなぐら》を掴み上げた。

「だったら、お前達も一緒に特訓を受けたらいい」

「は？」

ぽかんとした顔をする少年達を見回して告げる。

「俺からクォーツ様に話をしておいてやる。お前達も訓練に参加できるように」

「ほ、本当か？」

「ああ」

「嘘じゃないだろうな。嘘だったらただじゃおかないぞ？」

「ああ」

それを聞いて少年達は無邪気に喜んでいる。

「や、やったぁ」

「俺も陛下に教えを乞えるのか！」

飛び上がって喜んでいる少年達を見ながら、ジェイドは呟く。

「こいつらも道連れにしてやる……」

そう言ってやさぐれた笑みを浮かべていることに、少年達は気付いていない。

翌日、ジェイドの横には、これまでジェイドをイジメてきた少年達の姿があった。

それを見ても、クォーツは相変わらず人畜無害そうな笑みを浮かべている。

「今日はたくさんいるね」

「よろしくお願いします！」

元気よく挨拶をする何も知らない少年達。

「私の特訓はきついよ。それでもやるかい？」

「もちろんです。こいつにできて俺達にできないはずがないですから」

そう言ってボス的少年は、ジェイドを見下すような笑みを向けてくる。

そんな顔を見ても、ジェイドに怒りは湧かない。

湧くのはただ憐憫だけ。そしてわずかな愉悦《ゆえつ》。

「やると言った以上、逃げ出すのは許さないよ。止めるなら今のうちだけどいいかい？」

少年達は声を揃えて元気よく「はい！」と返事をした。

その元気がいつまで続くか見ものである。

「皆元気がいいね。ジェイドも負けないようにね」

「はい……」

テンションの低いジェイドを、少年達は嘲笑《あざわら》うようにクスクスと笑う。

しかし、それもここまでのこと。

「じゃあ、今日は初めての子ばかりだから、簡単なことから始めようか」

「いえ、気にせずしごいてください！」

クォーツに良い所をみせたいのか、大見得《おおみえ》を切るボス的少年の言葉に、ジェイドは心の中で「止めておけ！」と叫ぶ。

「いい心意気だ。じゃあ、いつものジェイドと同じメニューでいくよ」

「こいつができるものなら楽勝です」

「そうかい？　じゃあ、先にこれを渡しておこう」

そう言ってクォーツが少年達に渡したのは、今もジェイドが手に持っているのと同じ剣だ。

渡された少年は、その剣のあまりの重さに体をよたつかせる。

「重っ」

両手で持つのがやっとの重さの剣に、ジェイド以外驚いている。

「皆持ったね。じゃあ、とりあえずこの剣で素振り五千回ね」

「え？」

「えっ？」

それまで笑顔だった少年達の顔が固まる。

「その後は、剣を背負って一区から十二区まで全力疾走で十往復して、それから」

「ちょ、ちょっと待っ……」

「あ、ちなみにこれは午前のメニューね。午後からは五区で本物の兵士に交じって実戦形式で剣の打ち合いをしてもらうから。エンドレスで」

にっこりと微笑むその笑顔は悪魔の笑みにしか見えない。

この時点ですでに顔色が悪い面々だが、地獄のメニューはまだ終わらない。

「その後は少しだけ休憩してから、ひたすら魔法の制御と魔法を使った実戦をするよ。それは私が相手をするからね。もし、寝たり気絶したら、明日はメニューが倍になるから」

もう最初のように粋《いき》がる者はいない。

「じゃあ、私は執務に戻るから頑張ってね」

そう言ってクォーツは去って行った。

後に残されたのは、ジェイドと戸惑う少年達。

「えっ、マジ？」

「冗談だよな？」

「き、決まってるじゃんか……」

乾いた笑いを上げる少年達にジェイドは怒鳴った。

「おい、何してる。早くしないと午前が終わるぞ」

「え？」

「言っておくが、午前中にメニューが終わってなくても明日のメニューは倍になるからな」

そのジェイドの真剣な表情を見て、少年達はようやく冗談ではないと分かったらしい。

ジェイドが剣の素振りを始めたのを見て、少年達も慌てて始めるが、竜族の子供であっても両手で持たねばならぬ剣に、上手く素振りができないようだ。

それを横目にジェイドは四苦八苦しつつもきちんと素振りをしている。

それを見て、少年の一人が文句を言い出す。

「おい、お前の剣貸してみろ。お前のは軽いんだろ？」

そんなことを言う少年に、ジェイドは無言で剣を渡すと、少年はあまりの重さに剣を持てず手放してしまった。

尋常ではない重い音を立てて地面に落ちた剣に、他の少年達も集まってくる。

「凄い音したぞ。お前持ってみろよ」

「おう。……って、むちゃ重っ」

「俺らのより重いじゃんか」

全員の視線がジェイドを向く。

「お前こんなの持って振ってたのか？」

「ああ」

少しだけ、彼らがジェイドを見る目が変わったのが分かる。

結局、少年達は午前のメニューをジェイドの半分も熟《こな》すことができなかった。

そのままお昼ご飯の後、五区の訓練場で、本物の兵士を相手に実戦訓練。

それからの、クォーツによる魔法の訓練。

それが終わった後には死屍累々《しかばねるいるい》が残された。

「あっ、ジェイド以外はメニューをこなせなかったから、明日は倍ね」

その言葉は少年達に止《とど》めを刺していった。

しばらく起き上がれずにいた中で、一番経験の長いジェイドの復活が早かった。

のっそりと起き上がる。

「どうだ、分かっただろう。クォーツ様は決して優しい人じゃないって」

そんなジェイドの言葉に反応できるだけの気力体力が残っている者はいなかった。

「……という感じの少年期だった」

「うん。なんと言って良いやら。クォーツ様は意外にスパルタですね。人間なら死んでますよ」

「確かに。あの時ほど竜族で良かったと思ったことはなかったな。回復も早いし」

ジェイドは当時のことを思ってか、しみじみと語った。

「それで、そのジェイド様をイジメていた少年達はどうなったんですか？」

「最初はいざこざもあったが、訓練が厳しすぎてイジメなんてことを考えている余裕もなかったのだろう。その日を境にぱったりとなくなった。むしろ、強大な敵に立ち向かう同志として結束力ができてな、今では一緒に酒を酌《く》み交わす仲だ」

「それはまた随分仲良くなりましたね」

「クォーツ様という大きな壁があってこそだ。本当に厳しかったのだ。本当に……」

当時を思い出してか、ジェイドはどこか遠い目をしている。

よほど辛かったのだろう。

瑠璃の知るクォーツからは想像ができなかったが。

「あの当時は冗談《じょうだん》交じりで、いつかこの中の誰かがクォーツ様を倒して王になって鼻を明かしてやるぞと語り合ったものだ」

「その通りにジェイド様が王になったわけですね」

「実際はクォーツ様とは戦わず王になったんだが、王になったことに私自身が信じられなかったな。……だが、共に訓練した彼らは私以上に喜んでくれたよ」

ジェイドは懐かしそうに目を細める。

そんなジェイドを見て瑠璃はクスクスと笑う。

「ルリ？」

「いえ、ジェイド様にもそんな青春時代があったんだなあと思いまして」

「人を年寄り扱いするな。私は竜族の中では若い方だ」

人間からしたら年寄りを超えた年齢なのだが、そこは口にしなかった。

「そういうのなんかいいですね。子供時代を一緒に過ごした仲間って。私にはそういう友達とかいないので羨ましいです」

なにせ作ろうにもあさひに邪魔されていたので、瑠璃には親友や仲間と言える親しい人間はいなかった。

まあ、だからこそ、元の世界に帰れないと知っても、この世界に適応するのが早かったのだが。

もし、家族がこっちの世界に来ず、親しい人が残っていたらもっとごねただろう。

そういう点では、特別親しい人がいなくてよかったのかもしれない。

だが、やっぱりジェイドのような話を聞くと羨ましいと思ってしまう。

「ルリにはセレスティンがいるだろう？」

瑠璃は一瞬言葉に詰まる。

「セレスティンさんを友人という枠にはめていいのかは考えものですけど……」

「私から見たらじゅうぶん仲のいい友人同士のように見えるが？」

「うーん。確かに嫌いではないですよ。なんだかんだで面白い人ですし。けど、友人か……」

なんとなく友人と認めたくない自分がいた。

なにせ、セレスティンは未だにジェイドを諦めていないのだ。

それさえなければ、ジェイドの言うように良好な関係を築けるかもしれないが、今はまだ早い気がする。

あと十年？　いや、瑠璃とジェイドの間に子供でも生まれたら諦めるか？

いや、それぐらいではセレスティンは諦めないだろうと瑠璃の勘が告げている。

「うん。しばらくは無理そうです」

きっとセレスティンに同じことを聞いても同じ答えが返ってくるのではないかと思っている。瑠璃とセレスティンは恋敵なのだ。今はまだ。

「そうか」

瑠璃が悩みに悩んで出した答えに、ジェイドはククッと笑った。

「ジェイド様はその人達とは未だに交流があるんですか？」

「ああ。あるもなにも、全員城で兵士をしているよ」

「えっ」

それには瑠璃も驚いた。

城にいる竜族の兵士とはほとんど顔見知りなのだ。

つまり、瑠璃の知っている者の中に、昔ジェイドをイジメていた者がいるということか。

「私の知っている人ですか？」

「恐らく顔ぐらいは知っているのではないか？　ルリはよく五区の訓練場に行っているし、一区で警備していたり巡回していたりもするからな」

「へえ、誰だろ。今度聞き回ってみようかな」

「たぶん聞いても答えないと思うぞ。なにせ竜王をイジメていた不名誉な過去があるからな」

「ジェイド様、今ものすごく意地の悪い顔をしていますよ」

口角を上げて、それはもう悪い顔をしている。

「時々これをネタにからかってやると、面白いほど動揺するんだ、あいつらは」

「でしょうね」

きっとその当時の子供達は思うまい。

自分達がイジメていた少年が、将来憧れの竜王になろうなどと。

きっとそれは今でも彼らの黒歴史として残っているに違いない。

そしてそれをいじるジェイドに心臓を悪くしているのだろう。

そう考えると、ジェイドもいい性格をしている。

まあ、昔のことに対する可愛い仕返しなのだろうが。

「今度ルリにも会わせようか？」

「はい。会いたいです！」

瑠璃は即答した。

純粋に、ジェイドと大事な子供時代を共にしたのがどんな者達か気になる。

「あいつらの反応が楽しみだ。あいつらもモフモフな猫の時のルリが好きなようだからな。俺にした過去のことをルリに知られて絶望しそうだ」

またしても悪い顔をしているジェイド。

一人称がいつもの『私』ではなく『俺』になっているのに気付いているだろうか。

「ジェイド様。なんだか、その友達のこと話す時は性格変わりますね」

「そうか？」

きょとんとするジェイドは自分では分かっていないようだ。

「ええ。いつもより子供っぽいというか、気安いというか。その人達には心を許しているのがなんとなく伝わってきます」

「そう見えるか？」

「見えますね。妻としてはちょっとジェラシーです」

わざとらしく不貞腐れた顔をしたら、ジェイドは楽しそうに声を上げて笑った。

「確かに昔こそ色々とあったが、今では大事な友だ。けれど……」

おもむろにジェイドは瑠璃に顔を近付け、軽く触れるだけのキスをする。

「当然一番はルリだ」

「それを聞いて安心です」

もともと疑ってなどいないのだが、瑠璃は満足そうににっこりと微笑んだ。

「会わせるのはいいが、猫になって触らせるのはなしだぞ」

「そもそも結婚してからはジェイド様を気にして誰も触ってきませんよ」

番いがどれだけ大事か、竜族がどれだけ嫉妬深いかは誰よりも同じ竜族がよく分かっている。

そのせいか、これまでは猫の姿で城内を歩いていたら、どこからともなく誰かがやってきては頭を撫でて去って行っていた。

それが、結婚式を終わらせてからは、どんなに猫の姿で歩いていても誰も触りに来ない。

遠くから恨めしそうに見つめてくる視線を感じるのだが、それだけだ。

誰も彼も番いになってしまったので手が出せなくなったのだ。

しきりに「モフモフがぁ！」とか「もう二度とあの手触りは味わえないのかぁ」などという竜族

の悲しい叫びが聞こえてくるが、瑠璃にはどうしようもない。

諦めてくれと言うほかないのである。

猫の時のルリが好きと言っていたから、ジェイドのその友人達もそんな中の一人かもしれない。

「なら、奴らの前で散々モフモフを撫でることにするか。いい嫌がらせになる」

「ジェイド様、本当にその人達に対してだと性格変わりますね」

ジェイドはクォーツに対しても少し他の者に対するのと違った態度になるが、それ以上だ。

なんとも意地が悪い。

実際に会って彼らとどんな態度で接するのか楽しみである。

瑠璃の知らない新しいジェイドが発見できそうだ。

「私の自慢の友人だからな」

ジェイドの顔にはとても優しい笑みが浮かんでいた。

復讐を誓った白猫は竜王の膝の上で惰眠をむさぼる　6

*本作は「小説家になろう」（https://syosetu.com/）に掲載されていた作品を、大幅に加筆修正したものとなります。
*この作品はフィクションです。実在の人物・団体・事件・地名・名称等とは一切関係ありません。

2021年8月20日　第一刷発行

著者 …… クレハ

イラスト …… ヤミーゴ
発行者 …… 辻 政英
発行所 …… 株式会社フロンティアワークス
〒170-0013　東京都豊島区東池袋3-22-17
東池袋セントラルプレイス5F
営業　TEL 03-5957-1030　FAX 03-5957-1533
アリアンローズ公式サイト　https://arianrose.jp/
装丁デザイン …… ウエダデザイン室
印刷所 …… シナノ書籍印刷株式会社